豐子愷品佛

豐子愷

丰子恺 著

陈建军 编

海豚出版社
DOLPHIN BOOKS
中国国际出版集团

图书在版编目（CIP）数据

丰子恺品佛 / 丰子恺著. —— 北京：海豚出版社，2015.4
（丰子恺精品集）
ISBN 978-7-5110-2552-4

Ⅰ. ①丰… Ⅱ. ①丰… Ⅲ. ①散文集－中国－现代
Ⅳ. ①I266

中国版本图书馆CIP数据核字(2015)第056273号

书　　名：丰子恺品佛
作　　者：丰子恺

责任编辑：梅　杰　边海玲
美术编辑：吴光前
责任印制：张　羽

总发行人：俞晓群

出　　版：海豚出版社
网　　址：http://www.dolphin-books.com.cn
地　　址：北京市百万庄大街24号
邮　　编：100037
电　　话：010-68997480（销售）　010-68998879（总编室）
传　　真：010-68998879
印　　刷：北京中科印刷有限公司
经　　销：全国新华书店及各大网上书店
开　　本：32 开
印　　张：6.875
字　　数：110千字
印　　数：5000
版　　次：2015 年8月第1 版　2015 年8月第1 次印刷
标准书号：ISBN 978-7-5110-2552-4
定　　价：32元

丰子恺（1918 年在浙江一师）

在杭州与弘一大师、刘质平合影（1918年5月24日）

目　录

佛法因缘[①]

暮春的有一天，弘一师从杭州招贤寺寄来了一张邮片说：

"近从温州来杭，承招贤老人殷勤相留，年内或不复他适。"

我于六年前将赴日本的前几天的一夜，曾在闸口凤生寺向他告别。以后仆仆奔走，沉酣于浮生之梦，直到这时候未得再见。这一天接到他的邮片，使我非常感兴。那笔力坚秀，布置妥贴的字迹，和简洁的文句，使我陷入了沉思。做我先生时的他，出家时的他，六年前的告别时的情景，六年来的我……霎时都浮出在眼前，觉得这六年越发像梦了。我就决定到杭州去访问。过了三四日，这就被实行了。

同行者是他的老友，我的先生S[②]，也是专诚去访

---

① 载1926年10月5日《一般》第1卷第2号"小说"栏，题为《法味》。文末有一段"附记"："文内关于弘一弘伞两法师的事实，凡为我所传闻而未敢确定的，附有（？）记号；听了忘记的，以□代字。谨向读者声明。如有错误，并请两法师原鉴。"

② "S"，指夏丏尊。

他的。从上海到杭州的火车，几乎要行六小时。我在车中，一味回想着李叔同先生——就是现在的弘一师——教我绘画音乐那时候的事。对座的S先生从他每次出门必提着的那只小篮中抽出一本小说来翻，又常常向窗外看望。车窗中最惹目的是接续奔来的深绿的桑林。

车到杭州，已是上灯时候。我们坐东洋车到西湖边的清华旅馆定下房间，就上附近一家酒楼去。杭州是我的旧游之地。我的受李叔同先生之教，就在贡院旧址第一师范。八九年来，很少重游的机会，今晚在车中及酒楼上所见的夜的杭州，面目虽非昔日，然青天似的粉墙，棱角的黑漆石库墙门，冷静而清楚的新马路，官僚气的藤轿，叮当的包车，依然是八九年前的杭州的面影，直使我的心暂时反了童年，回想起学生时代的一切的事情来。这一夜天甚黑。我随S先生去访问了几个住在近处的旧时师友，不看西湖就睡觉了。

翌晨七时，即偕S先生乘东洋车赴招贤寺。走进正殿的后面，招贤老人就出来招呼。他说：

"弘一师日间闭门念佛，只有送饭的人出入，下午五时才见客。"

他诚恳地留我们暂时坐谈，我们就在殿后窗下的椅上就坐，S先生同他谈话起来。

招贤老人法号弘伞，是弘一师底师兄，二人是九年前先后在虎跑寺剃度的。我看了老人的平扁的颜面，听了他的黏润的声音，想起了九年前的事：

他本来姓程名中和。李先生剃度前数月，曾同我到玉泉寺去访他，且在途中预先对我说：

"这位程先生在二次革命时曾当过团长（？），亲去打南京。近来忽然悟道，暂住在玉泉寺为居士，不久亦将剃度。"

我第一次见他时，他穿着灰白色的长衫，黑色的马褂，靠在栏上看鱼。一见他那平扁而和蔼的颜貌，就觉得和他的名字"中和"异常调和。他的齿的整齐，眼线的平直，面部的丰满，及脸色的暗黄，一齐显出无限的慈悲，使人见了容易联想螺蛳顶下的佛面，万万不会相信这面上是配戴军帽的。不久，这位程居士就与李先生相继出家。后来我又在虎跑寺看见他穿了和尚衣裳做晚课，听到他的根气充实而永续不懈的黏润的念佛声。

这是九年前的事了。如今重见，觉得除了大概因刻苦修行而蒙上的一层老熟与镇静的气象以外，声音笑貌依然同九年前一样。在他，九年的时间真是所谓"如一日"罢！记得那时我从杭州读书归来，母亲说我的面庞像猫头；近来我返故乡，母亲常说我面上憔悴瘦损，已变了狗脸了。时间，在他真是"无老死"[①]的，在我真如灭形伐性之斧了。——当S先生和他谈话的时候我这样想。

坐了一回，我们就辞去。出寺后，又访了湖上几个友人，就搭汽车返旗营[②]。在汽车中谈起午餐，我们准拟吃一天素。但到了那边，终于进王饭儿店去吃了包头鱼。

下午我与S先生分途，约于五时在招贤寺山门口会集。等到我另偕了三个也要见弘一师的朋友到招贤寺时，见弘一师已与S先生对坐在山门口的湖岸石埠上谈话了。弘一师见我们，就立起身来，用一种深欢喜的笑颜相迎。我偷眼看他，这笑颜直保留到引我们进山门之后还没有变更。他引我们到了殿旁一所客堂。室中陈设简单而清楚，除了旧式的椅桌外，挂着梵文的壁饰和电灯，大家坐了，暂时相对无言。然后S先生提出话题，介绍与我同来的Y君。Y君向弘一师提出关于儒道，佛道的种种问题，又缕述其幼时的念佛的信心，及其家庭的事情。Y君说话必垂手起立。弘一师用与前同样的笑颜，举右手表示请他坐。再三，Y君直立如故。弘一师只得保持这笑颜，双手按膝而听他讲。

---

① "无老死"，语出《心经》。

② "旗营"，即今西湖湖滨一带。

我危坐在旁，细看弘一师神色颇好，眉宇间秀气充溢如故，眼睛常常环视座中诸人，好像要说话。我就乘机问他近来的起居，又谈及他赠给立达学园的《续藏经》的事。这经原是王涵之先生赠他的。他因为自己已有一部，要转送他处，去年S先生就为立达学园向他请得了，弘一师因为以前也曾有二人向他请求过，而久未去领，故嘱我写信给那二人，说明原委，以谢绝他们。他回入房里去了许久，拿出一张通信地址及信稿来，暂时不顾其他客人，同我并坐了，详细周到地教我信上的措词法。这种丁宁郑重的态度，我已十年不领略了。这时候使我顿时回复了学生时代的心情。我只管低头而唯唯，同时俯了眼窥见他那绊着草鞋带的细长而秀白的足趾，起了异常的感觉。

"初学修佛最好是每天念佛号。起初不必求长，半小时，一小时都好。惟须专意，不可游心于他事。要练习专心念佛，可自己暗中计算，以每五句为一单位，凡念满五句，心中告一段落，或念满五句，摘念珠一颗。如此则心不暇他顾，而可专意于念佛了。初学者以这步工夫为要紧，又念佛时不妨省去'南无'二字，而略称'阿弥陀佛'。则可依时辰钟底秒声而念，即以'的格（强）的格（弱）'的一个节奏（Rhythm）的四拍暗合'阿弥陀佛'四字，继续念下去，效果也与前法一样。"

Y君的质问，引了弘一师普遍的说教。旁的人也各提出话题：有的问他阿弥陀佛是什么意义，有的问他过午不食觉得肚饥否，有的问他壁上挂着的是什么文字。

我默坐旁听着，只是无端地怅惘。微雨飘进窗来，我们就起身告别。他又用与前同样的笑颜送我们到山门外，我们也笑着，向他道别，各人默默地，慢慢地向断桥方面踱去。走了一段路，我觉得浑身异常不安，如有所失，却想不出原因来。忽然看见S先生从袋中摸出香烟来，我恍然悟到刚才继续两小时模样没有吸烟的原故。就向他要了一支。

是夜我们吃了两次酒。同席的都是我的许久不见的旧时师友。有几个先生已经不认识我，旁的人告诉他说"他是丰仁"。我听了别人呼我这个久已不用的名字，又立刻还了我的学生时代。有一位先生与我并座，却没有认识我，好像要问尊姓的样子。我不知不觉地装出幼时的语调对他说，"我是丰仁，先生教过我农业的。"他们筛酒^①时，笑着问我"酒吃不吃？"又有拿了香烟问我"吸烟不？"的。我只答以"好的，好的"，

---

① "筛酒"，作者家乡话，意即"斟酒"。

心中却自忖着"烟酒我老吃了！"教过我习字的一位先生又把自己的荸荠省给我吃。我觉得非常拘束而不自然，我已完全孩子化了。

回到旅馆里，我躺在床上想："杭州恐比上海落后十年罢！何以我到杭州，好像小了十岁呢？"

翌晨，S先生因有事还要勾留，我独自冒大雨上车返上海。车中寂寥得很，想起十年来的心境，犹如常在驱一群无拘束的羊，才把东边的拉拢，西边的又跑开去。拉东牵西，瞻前顾后，困顿得极。不但不由自己拣一条路而前进，连体认自己的状况的余暇也没有。这次来杭，我在弘一师的明镜里约略照见了十年来的影子了。我觉得这次好像是连续不断的乱梦中一个欠伸，使我得暂离梦境；拭目一想，又好像是浮生路上的一个车站，使我得到数分钟的静观！

车到了上海，浮生的淞沪车又载了我颠簸倾荡地跑了！更不知几时走尽这浮生之路。

过了几天，弘一师又从杭州来信，大略说："音出月拟赴江西庐山金光明会参与道场，愿手写经文三百叶分送各施主。经文须用朱书，旧有朱色不敷应用，愿仁者集道侣数人，合赠英国制水彩颜料Vermilion数瓶。"末又云："欲数人合赠者，俾多人得布施之福德也。"

我与S先生等七八人合买了八瓶Windsor Newton制的水彩颜料，又添附了十张夹宣纸，即日寄去。又附信说："师赴庐山，必道经上海，请预示动身日期，以便赴站相候。"他的回信是："此次过上海恐不逗留，秋季归来时再图叙晤。"

后来我返故乡石门，向母亲讲起了最近访问做和尚的李叔同先生的事。又在橱内寻出他出家时送我的一包照片来看。其中有穿背心，拖辫子的，有穿洋装的，有扮《白水滩》里的十三郎的，有扮《新茶花女》里的马克的，有作印度人装束的，有穿礼服的，有古装的，有留须，穿马褂的，有断食十七日后的照相，有出家后僧装的照相。在旁同看的几个商人的亲戚都惊讶，有的说"这人是无所不为的，将来一定要还俗"。有的说"他可赚二百块钱一月，不做和尚多好呢！"次日，我把这包照片带到上海，给学园里的同事们，学生们看。有许多人看了，问我"他为什么做和尚？"

暑假放了，我天天袒衣跣足，在过街楼上——所谓家里写意度日。友人W君①新从日本回国，暂寓我家里，在我的外室里堆了零零星星好几堆的行李物件。

---

① "W君"，指黄涵秋。

有一天早晨，我与W君正在吃牛乳，坐在藤椅上翻阅前天带来的李叔同先生的照片，PT两儿①正在外室翻转W君的柳条行李的盖来坐船，忽然一个住在隔壁的学生张惶地上楼来，说"门外有两个和尚在寻问丰先生，其一个样子好像是照相上见过的李叔同先生"。

我下楼一看，果然是弘一弘伞两法师立在门口。起初我略有些张皇失措，立了一歇，就延他们上楼。自己快跑几步，先到外室把PT两儿从他们的船中抱出，附耳说一句"陌生人来了！"移开他们的船，让出一条路，回头请二法师入室，到过街楼去。我介绍了W君，请他们坐下了，问得他们是前天到上海的，现寓大南门灵山寺，要等江西来信，然后决定动身赴庐山的日期。

弘一师起身走近我来，略放低声音说：

"子恺，今天我们要在这里吃午饭，不必多备菜，早一点好了。"

我答应着忙走出来，一面差P儿到外边去买汽水，一面叮嘱妻即刻备素菜，须于十一点钟开饭。因为我晓得他们是过午不食的。记得有人告诉我说，有一次

————————
① "PT两儿"，P指长女阿宝（即丰陈宝），T指长子瞻瞻（即丰华瞻）。

杭州有一个人在一个素馆子里办了盛馔请弘一师午餐，陪客到齐已经一点钟，弘一师只吃了一点水果。今天此地离市又远，只得草草办点了。我叮嘱好了，回室，邻居的友人L君，C君，D君，都已闻知了来求见。

今日何日？我梦想不到书架上这堆照片底主人公，竟来坐在这过街楼里了！这些照片如果有知，我想一定要跳出来，抱住这和尚而叫"我们都是你的前身"罢！

我把它们捧了出来，送到弘一师面前。他脸上显出一种超然而虚空的笑容，兴味津津地，一张一张地翻开来看，为大家说明，像说别人的事一样。

D君问起他家庭的事。他说在天津还有阿哥，侄儿等；起初写信去告诉他们要出家，他们复信说不赞成，后来再去信说，就没有回信了。

W君是研究油画的，晓得他是中国艺术界的先辈，拿出许多画来，同他长谈细说地论画，他也有时首肯，有时表示意见。我记得弘伞师向来是随俗的，弘一师往日的态度，比弘伞师谨严得多。此次却非常的随便，居然亲自到我家里来，又随意谈论世事。我觉得惊异得很！这想来是工夫深了的结果罢。

饭毕，还没有到十二时。弘一师颇有谈话的兴味，弘伞师似也欢喜和人谈话。寂静的盛夏的午后，房间里充满着从窗外草地上反射进来的金黄的光，浸着围坐谈笑的四人——两和尚，W与我，我恍惚间疑是梦境。

七岁的P儿从外室进来，靠在我身边，咬着指甲向两和尚的衣裳注意。弘一师说她那双眼生得距离很开，很是特别，他说"蛮好看的！"又听见我说她欢喜画画，又欢喜刻石印，二法师都要她给他们也刻两个。弘一师在石上写了一个"月"字（弘一师近又号论月）一个"伞"字，叫P儿刻。当她侧着头，汗淋淋地抱住印床奏刀时，弘一师不瞬目地注视她，一面轻轻地对弘伞师说："你看，专心得很！"又转向我说："像现在这么大就教她念佛，一定很好。可先拿因果应报的故事讲给她听。"我说"杀生她本来是怕敢的"。弘一师赞好，就说"这地板上蚂蚁很多！"他的注意究竟比我们周到！

话题转到城南草堂与超尘精舍，弘一师非常兴奋，对我们说：

"这是很好的小说题材！我没有空闲工夫来记录，你们可采作材料呢。"现在把我所听到的记在下面。

他家在天津，他父亲是有点资产的。他自己说有许多母亲，他父亲生他时，年纪已经六十八岁。五岁上父亲就死了。家主新故，门户又复杂，家庭中大概不安。故他关于母亲，曾一皱眉，摇着头说，"我的母亲——生母很苦！"他非常爱慕他母亲。二十岁时陪了母亲南迁上海，住在大南门金洞桥（？）畔一所许宅的房子——即所谓城南草堂，肄业于南洋公学，读书奉母。他母亲在他二十六岁的时候就死在这屋里。他自己说："我自二十岁至二十六岁之间的五六年，是平生最幸福的时候。此后就是不断的悲哀与忧愁，直到出家。"这屋底所有主许幻园是他底义兄，他与许氏两家共居住在这屋里，朝夕相过从。这时候他很享受了些天伦之乐与俊游之趣。他讲起他母亲死的情形似乎现在还有余哀。他说："我母亲不在的时候，我正在买棺木，没有亲送。我回来，已经不在了！还只四十□岁！"大家庭里的一个庶出（？）的儿子，五岁上就没有父亲，现在生母又死了，丧母后的他，自然像游丝飞絮，飘荡无根，于家庭故乡，还有什么牵挂呢？他就到日本去。

在日本时的他，听说生活很讲究，天才也各方面都秀拔。他研究绘画，音乐，均有相当的作品，又办春柳剧社，自己演剧，又写得一手好字，做出许多慷慨悲歌的诗词文章。总算曾经尽量发挥过他的才华。后来回国，听说曾任《太平洋报》的文艺编辑，又当过几个学校底重要教师，社会对他的待遇，一般地看来也算不得薄。但在他自己，想必另有一种深的苦痛，所以说"母亲死后到出家是不断的忧患与悲哀"，而在城南草堂读书奉母的"最幸福的"五六年，就成了他的永远的思慕。

他说那房子旁边有小浜，跨浜有苔痕苍古的金洞桥，桥畔立着两株两抱大的柳树。加之那时上海绝不像现在的繁华，来去只有小车子，从他家坐到大南门给十四文大钱已算很阔绰，比起现在的状况来如同隔世，所以城南草堂更足以惹他的思慕了。他后来教音乐时，曾取一首凄惋呜咽的西洋有名歌曲《My Dear Old Sunny Home》来改作一曲《忆儿时》，中有"高枝啼鸟，小川游鱼，曾把闲情托。"之句，恐怕就是那时的自己描写了。

自从他母亲去世，他抛弃了城南草堂而去国以后，许家的家运不久也衰沉，后来这房子也就换了主人。□年之前，他曾经走访这故居，屋外小浜，桥，树，依然如故，屋内除了墙门上的黄漆改为黑漆以外，装修布置亦均如旧时，不过改换了屋主而已。

这一次他来上海，因为江西的信没有到，客居无事；灵山寺地点又在小南门，离金洞桥很近；还有，他晓得大南门有一处讲经念佛的地方叫做超尘精舍，也想去看看，就于来访我的前一天步行到大南门一带去寻访。跑了许久，总找不到超尘精舍。他只得改道访城南草堂去。

哪里晓得！城南草堂的门外，就挂着超尘精舍的匾额，而所谓超尘精舍，正设在城南草堂里面！进内一看，装修一如旧时，不过换了洋式的窗户与栏杆，加了新漆，墙上添了些花墙洞。从前他母亲所居的房间，现在已供着佛像，有僧人在那里做课了。近傍的风物也变换，浜已没有，相当于浜处有一条新筑的马路，桥也没有，树也没有了。他走上转角上一家旧时早有的老药铺，药铺里的人也都已不认识。问了他们方才晓得这浜是新近被填作马路的，桥已被拆去，柳亦被伐去。那房子的主人是一个开五金店的人，那五金店主不知是信佛还是别的原故，把它送给和尚讲经念佛了。

弘一师讲到这时候，好像兴奋得很，说：

"真是奇缘！那时候我真有无穷的感触呵！"其"无穷"两字拍子延得特别长，使我感到一阵鼻酸。后来他又说：

"几时可陪你们去看看。"

这下午谈到四点钟，我们引他们去参观学园，又看了他所赠的《续藏经》，五点钟送他们上车返灵山寺，又约定明晨由我们去访，同去看城南草堂。

翌晨九点钟模样,我偕W君,C君同到灵山寺见弘一师,知江西信于昨晚寄到,已决定今晚上船,弘伞师正在送行李买船票去,不在那里。坐谈的时候,他拿出一册《白龙山人墨妙》来送给我们,说是王一亭君送他,他转送立达图书室的。过了一回,他就换上草鞋,一手挟了照例的一个灰色的小手巾包,一手拿了一顶两只角已经脱落的蝙蝠伞,陪我们看城南草堂去。

走到了那地方,他一一指示我们哪里是浜,哪里是桥,树,哪里是他当时进出惯走的路。走进超尘精舍,我看见屋是五开间的,建筑总算讲究,天井虽不大,然五间共通,尚不窄仄,够可住两分人家。他又一一指示我们,说:这是公共客堂,这是他的书房,这是他私人的会客室,这楼上是他母亲的住室,这是挂"城南草堂"的匾额的地方。

里面一个穿背心的和尚见我们在天井里指点张望,就走出来察看,又打宁波白招呼我们坐,弘一师谢他,说"我们是看看的",又笑着对他说:"这房子我曾住过,二十几年以前。"那和尚打量了他一下说:

"哦,你住过的!"我觉得今天看见城南草堂的实物,感兴远不及昨天听他讲的时候的浓重,且眼见的房子,马路,药铺,也不像昨天听他讲的时候的美而诗的了。只是看见那宁波和尚打量他一下而说那句话的时候，我眼前仿佛显出二十几年前后的两幅对照图，起了人生刹那的悲哀。回出来的时候，我只管耽于遐想：

"如果他没有这母亲，如果这母亲迟几年去世，如果这母亲现在尚在，局面又怎样呢？恐怕他不会做和尚，我不会认识他，我们今天也不会来凭吊这房子了！谁操着制定这局面的权分呢？"

出了街，步行到附近的海潮寺一游，我们就邀他到城隍庙的素菜馆里去吃饭。

吃饭的时候，他谈起世界佛教居士林尤惜阴居士为人如何信诚，如何乐善。我们晓得他要晚上上船，下午无事，就请他引导到世界佛教居士林去访问尤居士。

世界佛教居士林是新建的四层楼洋房，非常庄严灿烂。第一层有广大的佛堂，内有很讲究的坐椅，拜垫，设备很丰富，许多善男信女在那里拜忏念佛。问得尤居士住在三层楼，我们就上楼去。这里面很静，各处壁上挂着"缓步低声"的黄色的牌，看了使人愈增严肃。三层楼上都是房间。弘一师从一房间的窗外认到尤居士，在窗玻璃上轻叩了几下，我就看见一五十岁模样的老人开门出来，五体投地地拜伏在弘一师脚下，好像几乎要把弘一师的脚抱住。弘一师但浅浅地一鞠躬，我站在后面发呆，直到老人起来延我入室，始回复我的知觉。

尤居士是无锡人，在上海曾做了不少的慈善事业，是相当知名的人。就是向来不关心于时事的我，也是预早闻其名的。他的态度，衣装，及房间里的一切生活的表象，竟是非常简朴，与出家的弘一师相去不远。于此我才知道居士是佛教的最有力的宣传者。和尚是对内的，居士是对外的。居士实在就是深入世俗社会里去现身说法的和尚。我初看见这居士林建筑设备的奢华，窃怪与和尚的刻苦修行相去何远。现在看了尤居士，方才想到这大概是对世俗的方便罢了。弘一师介绍我们三人，为我们预请尤居士将来到立达学园讲演，又为我们索取了居士林所有赠阅的书籍各三份。尤居士就引导我们去瞻观舍利室。

舍利室是一间供舍利的，约二丈见方的房间。没有窗，四壁全用镜子砌成，天花板上悬四盏电灯，中央设一座玲珑灿烂的红漆金饰的小塔，四周地上设四个拜垫，塔的角上悬许多小电灯，其上层中央供一水晶样的球，球内的据说就是舍利。舍利究竟是什么样一种东西，因为我不大懂得，本身倒也惹不起我什么感情；不过我觉得一入室，就看见自己立刻化作千万身，环视有千万座塔，千万盏灯，又面面是自己，目眩心悸，我全被压倒在一种恐怖而又感服的情绪之下了。弘一师与尤居士各参拜过，就鱼贯出室。再参观了念佛室，藏经室。我们就辞尤居士而出。

步行到海宁路附近，弘一师要分途独归，我们要送他回到灵山寺。他坚辞说，"路我认识的，很熟，你们一定回去好了，将来我过上海时再见。"又拍拍他的手巾包笑说，"坐电车钱的铜板很多！"就转身进衖而去。我目送着他，到那瘦长的背影，直到没入人丛中不见了，始同W君与C君上自己的归途。

这一天我看了城南草堂，感到人生的无常的悲哀，与缘法的不可思议；在舍利室，又领略了一点佛教的憧憬。两日来都非常兴奋，严肃，又不得酒喝，一回到家，立刻叫人去打酒！

一九二六年八月四日记于石门。

从孩子得到的启示①

一

晚上喝了三杯老酒，不想看书，也不想睡觉，捉一个四岁的孩子华瞻来骑在膝上，同他寻开心。我随口问：

"你最喜欢什么事？"

他仰起头一想，率然地回答：

"逃难。"

我倒有点奇怪："逃难"两字的意义，在他不会懂得，为什么偏偏选择它？倘然懂得，更不应该喜欢了。我就设法探问他：

"你晓得逃难就是什么？"

"就是爸爸、妈妈、宝姐姐、软软……娘姨，大家坐汽车，去看大轮船。"

啊！原来他的"逃难"的观念是这样的！他所见的"逃难"，是"逃难"的这一面！这真是最可喜欢的事！

① 本篇原载《小说月报》1927 年 7 月 10 日第 18 卷第 7 号。

一个月以前，上海还属孙传芳的时代，国民革命军将到上海的消息日紧一日，素不看报的我，这时候也定一份《时事新报》，每天早晨看一遍。有一天，我正在看昨天的旧报，等候今天的新报的时候，忽然上海方面枪炮声起了，大家惊惶失色，立刻约了邻人，扶老携幼地逃到附近的妇孺救济会里去躲避。其实倘然此地果真进了战线，或到了败兵，妇孺救济会也是不能救济的。不过当时张皇失措，有人提议这办法，大家就假定它为安全地带，逃了进去。那里面地方很大，有花园、假山、小川、亭台、曲栏、长廊、花树、白鸽，孩子们一进去，登临盘桓，快乐得如入新天地了。忽然兵车在墙外轰过，上海方面的机关枪声、炮声，愈响愈近，又愈密了。大家坐定之后，听听，想想，方才觉到这里也不是安全地带，当初不过是自骗罢了。有决断的人先出来雇汽车逃往租界。每走出一批人，留在里面的人增一次恐慌。我们结合邻人来商议，也决定出来雇汽车，逃到杨树浦的沪江大学。于是立刻把小孩子们从假山中、栏杆内捉出来，装进汽车里，飞奔杨树浦了。

所以决定逃到沪江大学者，因为一则有邻人与该校熟识，二则该校是外国人办的学校，较为安全可靠。枪炮声渐远渐弱，到听不见了的时候，我们的汽车已到沪江大学。他们安排一个房间给我们住，又为我们代办膳食。傍晚，我坐在校旁的黄浦江边的青草堤上，怅望云水遥忆故居的时候，许多小孩子采花、卧草，争看无数的帆船、轮船的驶行，又是快乐得如入新天地了。

次日，我同一邻人步行到故居来探听情形的时候，青天白日的旗子已经招展在晨风中，人人面有喜色，似乎从此可庆承平了。我们就雇汽车去迎回避难的眷属，重开我们的窗户，恢复我们的生活。从此"逃难"两字就变成家人的谈话的资料。

这是"逃难"。这是多么惊慌、紧张而忧患的一种经历！然而人物一无损丧，只是一次虚惊；过后回想，这回好似全家的人突发地出门游览两天。我想假如我是预言者，晓得这是虚惊，我在逃难的时候将何等有趣！素来难得全家出游的机会，素来少有坐汽车、游览、参观的机会。那一天不论时，不论钱，浪漫地、豪爽地、痛快地举行这游历，实在是人生难得的快事！只有小孩子真果感得这快味！他们逃难回来以后，常常拿香烟篓子来叠作栏杆、小桥、汽车、轮船、帆船；常常问我关于轮船、帆船的事；墙壁上及门上又常常有有色粉笔画的轮船、帆船、亭子、石桥的壁画出现。可见这"逃难"，在他们脑中有难忘的欢乐的印象。所以今晚我无端地问华瞻最喜欢什么事，他立刻选定这"逃难"。原来他所见的，是"逃难"的这一面。

不止这一端：我们所打算、计较、争夺的洋钱，在他们看来个个是白银的浮雕的胸章，仆仆奔走的行人，血汗涔涔的劳动者，在他们看来个个是无目的地在游戏，在演剧；一切建设，一切现象，在他们看来都是大自然的点缀，装饰。

唉！我今晚受了这孩子的启示了：他能撤去世间事物的因果关系的网，看见事物的本身的真相。他是创造者，能赋给生命于一切的事物。他们是"艺术"的国土的主人。唉，我要从他学习！

二①

两个小孩子，八岁的阿宝与六岁的软软，把圆凳子翻转，叫三岁的阿韦坐在里面。他们两人同他抬轿子。不知哪一个人失手，轿子翻倒了。阿韦在地板上撞了一个大响头，哭了起来。乳母连忙来抱起。两个轿夫站在旁边呆看。乳母问："是谁不好？"

阿宝说："软软不好。"

软软说："阿宝不好。"

---

① 此第二文在 1957 年版《缘缘堂随笔》中被删去，现仍予恢复。

阿宝又说："软软不好，我好！"

软软也说："阿宝不好，我好！"

阿宝哭了，说："我好！"

软软也哭了，说："我好！"

他们的话由"不好"转到了"好"。乳母已在喂乳，见他们哭了，就从旁调解：

"大家好，阿宝也好，软软也好，轿子不好！"

孩子听了，对翻倒在地上的轿子看看，各用手背揩揩自己的眼睛，走开了。

孩子真是愚蒙。直说"我好"，不知谦让。

所以大人要称他们为"童蒙"，"童昏"，要是大人，一定懂得谦让的方法：心中明明认为自己好而别人不好，口上只是隐隐地或转弯地表示，让众人看，让别人自悟。于是谦虚，聪明，贤慧等美名皆在我了。

讲到实在，大人也都是"我好"的。不过他们懂得谦让的一种方法，不像孩子的直说出来罢了。谦让方法之最巧者，是不但不直说自己好，反而故意说自己不好。明明在谆谆地陈理说义，劝谏君王，必称"臣虽下愚"。明明在自陈心得，辩论正义，或惩斥不良、训诫愚顽，表面上总自称"不佞"，"不慧"，或"愚"。习惯之后，"愚"之一字竟通用作第一身称的代名词，凡称"我"处，皆用"愚"。常见自持正义而赤裸裸地骂人的文字函牍中，也称正义的自己为"愚"，而称所骂的人为"仁兄"。这种矛盾，在形式上看来是滑稽的；在意义上想来是虚伪的，阴险的。"滑稽"，"虚伪"，"阴险"，比较大人评孩子的所谓"蒙"、"昏"，丑劣得多了。

对于"自己"，原是谁都重视的。自己的要"生"，要"好"，原是普遍的生命的共通的大欲。今阿宝与软软为阿韦抬轿子，翻倒了轿子，跌痛了阿韦，是谁好谁不好，姑且不论；其表示自己要"好"的手段，是彻底的诚实，纯洁而不虚饰的。

我一向以小孩子为"昏蒙"。今天看了这件事，恍然悟到我们自己的昏蒙了。推想起来，他们常是诚实的，"称心而言"的；而我们呢，难得有一日不犯"言不由衷"的恶德！

唉！我们本来也是同他们那样的，谁造成我们这样呢？

一九二六年作[1]

---

[1] 本文篇末原未署日期。这里所署的日期是建国后作者自编的《缘缘堂随笔》（人民文学出版社 1957 年 11 月初版）中篇末所署，比发表于《小说月报》的年代——1927 年早一年。从第一则逃难（1927 年北伐战争）的年代来看，和第二则中三个孩子的年龄（当时用虚年龄）来看，此文的写作年代应为 1927 年。

缘[①]

这是前年秋日的事：弘一法师云游经过上海，不知因了什么缘，他愿意到我的江湾的寓中来小住了。我在北火车站遇见他，从他手中接取了拐杖和扁担，陪他上车，来到江湾的缘缘堂，请他住在前楼，我自己和两个孩子住在楼下。

每天晚快天色将暮的时候我规定到楼上来同他谈话。他是过午不食的，我的夜饭吃得很迟。我们谈话的时间，正是别人的晚餐的时间。他晚上睡得很早，差不多同太阳的光一同睡着，一向不用电灯。所以我同他谈话，总在苍茫的暮色中。他坐在靠窗口的藤床上，我坐在里面椅子上，一直谈到窗外的灰色的天空衬出他的全黑的胸像的时候，我方才告辞，他也就歇息。这样的生活，继续了一个月。现在已变成丰富的回想的源泉了。

内中有一次，我上楼来见他的时候，看他脸上充满着欢喜之色，顺手向我的书架上抽一册书，指着书

---

① 本篇原载《小说月报》1929 年 6 月 10 日第 20 卷第 6 号。

面上的字对我说道：

"谢颂羔居士。你认识他否？"

我一看他手中的书，是谢颂羔君所著的《理想中人》。这书他早已送我，我本来平放在书架的下层。我的小孩子欢喜火车游戏，前几天把这一堆平放的书拿出来，铺在床上，当作铁路。后来火车开毕了，我的大女儿来整理，把它们直放在书架的中层的外口，最容易拿着的地方。现在被弘一法师抽着了。我就回答他说：

"谢颂羔君是我的朋友，一位基督教徒……"

"他这书很好！很有益的书！这位谢居士住在上海吗？"

"他在北四川路底的广学会中当编辑。我是常常同他见面的。"

说起广学会，似乎又使他感到非常的好意。他告诉我，广学会创办很早，他幼时，住在上海的时候，广学会就已成立。又说其中有许多热心而真挚的宗教徒，有一个外国教士李提摩太曾经关心于佛法，翻译过《大乘起信论》。说话归根于对《理想中人》及其著者谢颂羔居士的赞美。他说这种书何等有益，这著者何等可敬。又说他一向不看我书架上的书，今天偶然在最近便的地方随手抽着了这一册。读了很感激，以为我的书架上大概富有这类的书。检点一下，岂知别的都是关于绘画、音乐的日本文的书籍。他郑重地对我说：

"这是很奇妙的'缘'！"

我想用人工来造成他们的相见的缘，就乘机说道：

"几时我邀谢君来这里谈谈，如何？"

他说，请他来很对人不起。但他脸上明明表示着很盼望的神色。

过了几天，他写了一张横额，"慈良清直"四字，卷好，放在书架上。我晚快上去同他谈话的时候，他就拿出来命我便中送给谢居士。

次日我就怀了这横额来到广学会，访问谢君，把这回事告诉他，又把这横额转送他。他听了，看了，也很感激，就对我说：

"下星期日我来访他。"

这一天，邻人陶载良君备了素斋，请弘一法师到他寓中午餐。谢君和我也被邀了去。我在席上看见一个虔敬的佛徒和一个虔敬的基督徒相对而坐着，谈笑着，我心中不暇听他们的谈话，只是对着了目前的光景而瞑想世间的"缘"的奇妙：目前的良会的缘，是我所完成的。但倘使谢君不著这册《理想中人》，或著而不送我，又倘使弘一法师不来我的寓中，或来而不看我书架上的书，今天的良会我也无从完成。再进一步想，这书原来久已埋在书架的下层，倘使我的小孩子不拿出来铺铁路，或我的大女儿整理的时候不把它放在可使弘一法师随手抽着的地方，今天这良会也决不会在世间出现。仔细想来，无论何事都是大大小小、千千万万的"缘"所凑合而成，缺了一点就不行。世间的因缘何等奇妙不可思议！——这是前年秋日的事。

现在谢君的《理想中人》要再版了，嘱我作序。我听见《理想中人》这一个书名，不暇看它的内容，心中又忙着回想前年秋日的良会的奇缘。就把这回想记在这书的卷首。

一九二九年劳动节子恺记于江湾缘缘堂。①

---

① 本文篇末原未署日期。这里所署的日期是发表在《小说月报》时篇末所署。

画谶①

我把上文②所说的铁扇骨描写为一幅小小的毛笔画，题了"邻人"两字，放在画箧里，有机会想给它制版印刷在书报杂志上，以广求世间同感的人。不久果然得到了海外的同感者。

上海某日本杂志问我索画稿，我随手把这幅画送给他们，他们制了锌版印在那杂志上了。后来我遇见该杂志的编者，他问我说："丰君，你那幅画是描写中国和日本的么？"我的本意不是如此的；又因为虽然我和他相熟识，但我们总是两国的人民，各负着千万分之一的国家的责任，即使那画本意如此，一个中国人和一个日本人当面谈话两国邦交的问题，总觉得不是有趣的事，所以我回答他说："不，我们不谈国事，我是描写天通庵附近的实景的，这是人类社会的一种现象。"我们的话题就转向别处去。

那正是中日邦交形势渐趋恶劣的时候，我把这画投登在日本杂志上，在别人看来显然要起那样的猜想。

---

① 载 1933 年 1 月《良友》图画杂志第 73 期。

② "上文"，指《羞耻的象征》。

但我不大关心时局，这画完全是偶凑的，我当时曾想，这事与最近我为某君的讣闻写的像赞同一情形了：我的亲戚某君死了，其家族为他发丧，印一卷讣闻，把遗像放在卷首，要我在他的遗像后面写一幅像赞。我对某君虽是亲戚，但属远分，又不同居在一乡，似乎不曾见过面；即使见过一面，也完全记不起了，他的生活性情我都不明了，像赞没有话可说，我就用普通佛徒的口气，写"是大解脱"四个字送了去。他的家族只要是我写来的，就不加审查，把它印在讣闻上了。后来他们的亲族中有个识者问我，说："你知道那人是缢死的么？"这时候我才知道那人是缢死的，不过秘而不宣，讣闻上仍写着"寿终正寝"。我的无意的题赞，在知道这秘密的人看来正是有意的讽刺了。其实，假如我预先知道这秘密，我一定不写这四个字，和我不欢喜对一个日本人说中日邦交同一心理。这两件事，都是奇妙的偶凑。

说得文雅些，这是"谶"。谶都是事体经过之后说说的。主宰世间众缘的神，依照了他自己的旨意而制定万事万物的运命。人探寻神所制定的事件的经过，而把其中相联络的不祥的言语与事实选集出来，名之曰"谶"。现在我也可探寻选集一下：神在暗中制使我在那时描那画，又制使中日邦交破坏，又制使那日本杂志的编者对我的画作那样的猜想，最近又制使日本人于九月十八日在沈阳闹事，于一月廿八日在上海闯祸。这样说来，我自称那幅画为"画谶"，亦无不可。

表象人类的羞耻的那把铁扇骨，因了那日本人的猜想而变成了中日邦交破坏的画谶。照那日本人的猜想，现在这画中的两个邻人不复是背向而坐，是各人卷起衣袖，隔着铁扇骨而厮打了。这样说来，这幅画是人类的羞耻的象征，也可看作国际的羞耻的象征。

二十一年十二月十四夜

陋　巷[①]

杭州的小街道都称为巷。这名称是我们故乡所没有的。我幼时初到杭州，对于这巷字颇注意。我以前在书上读到颜子"居陋巷，一箪食，一瓢饮"的时候，常疑所谓"陋巷"，不知是甚样的去处。想来大约是一条坍坯、龌龊而狭小的弄，为灵气所钟而居了颜子的。我们故乡尽不乏坍坯、龌龊、狭小的弄，但都不能使我想象做陋巷。及到了杭州，看见了巷的名称，才在想象中确定颜子所居的地方，大约是这种巷里。每逢走过这种巷，我常怀疑那颓垣破壁的里面，也许隐居着今世的颜子。就中有一条巷，是我所认为陋巷的代表的。只要说起陋巷两字，我脑中会立刻浮出这巷的光景来。其实我只到过这陋巷里三次，不过这三次的印象都很清楚，现在都写得出来。

第一次我到这陋巷里，是将近二十年前的事。那时我只十七八岁，正在杭州的师范学校里读书。我的艺术科教师L先生[②]。似乎嫌艺术的力道薄弱，过不来

---

① 本篇原载《东方杂志》1933 年 4 月 16 日第 30 卷第 8 号。

② L 先生，指李叔同先生

他的精神生活的瘾，把图画音乐的书籍用具送给我们，自己到山里去断了十七天食，回来又研究佛法，预备出家了。在出家前的某日，他带了我到这陋巷里去访问M先生[①]。我跟着L先生走进这陋巷中的一间老屋，就看见一位身材矮胖而满面须髯的中年男子从里面走出来迎接我们。我被介绍，向这位先生一鞠躬，就坐在一只椅子上听他们的谈话。我其实全然听不懂他们的话，只是断片地听到什么"楞严"、"圆觉"等名词，又有一个英语"philosophy（哲学）"出现在他们的谈话中。这英语是我当时新近记诵的，听到时怪有兴味。可是话的全体的意义我都不解。这一半是因为L先生打着天津白，M先生则叫工人倒茶的时候说纯粹的绍兴土白，面对我们谈话时也作北腔的方言，在我都不能完全通用。当时我想，你若肯把我当作倒茶的工人，我也许还能听得懂些。但这话不好对他说，我只得假装静听的样子坐着，其实我在那里偷看这位初见的M先生的状貌。他的头圆而大，脑部特别丰隆，假如身体不是这样矮胖，一定负载不起。他的眼不像L先生的眼的纤细，圆大而炯炯发光，上眼帘弯成一条坚致有力的弧线，切着下面的深黑的瞳子。他的须髯从左

---

① M先生，指马一浮先生。

耳根缘着脸孔一直挂到右耳根，颜色与眼瞳一样深黑。我当时正热中于木炭画，我觉得他的肖像宜用木炭描写，但那坚致有力的眼线，是我的木炭所描不出的。我正在这样观察的时候，他的谈话中突然发出哈哈的笑声。我惊奇他的笑声响亮而愉快，同他的话声全然不接，好像是两个人的声音。他一面笑，一面用炯炯发光的眼黑顾视到我。我正在对他作绘画的及音乐的观察，全然没有知道可笑的理由，但因假装着静听的样子，不能漠然不动；又不好意思问他"你有什么好笑"而请他重说一遍，只得再假装领会的样子，强颜作笑。他们当然不会考问我领会到如何程度，但我自己问心，很是惭愧。我惭愧我的装腔作笑，又痛恨自己何以听不懂他们的话。他们的话愈谈愈长，M先生的笑声愈多愈响，同时我的愧恨也愈积愈深。从进来到辞去，一向做个怀着愧恨的傀儡，冤枉地被带到这陋巷中的老屋里来摆了几个钟头。

第二次我到这陋巷，在于前年，是做傀儡之后十六年的事了。这十六七年之间，我东奔西走地糊口于四方，多了妻室和一群子女，少了一个母亲；M先生则十余年如一日，长是孑然一身地隐居在这陋巷的老屋里。我第二次见他，是前年的清明日，我是代L先生送两块印石而去的。我看见陋巷照旧是我所想象的颜子的居处，那老屋也照旧古色苍然。M先生的音容和十余年前一样，坚致有力的眼帘，炯炯发光的黑瞳，和响亮而愉快的谈笑声。但是听这谈笑声的我，与前大异了。我对于他的话，方言不成问题，意思也完全懂得了。像上次做傀儡的苦痛，这回已经没有，可是另感到一种更深的苦痛：我那时初失母亲——从我孩提时兼了父职抚育我到成人，而我未曾有涓埃的报答的母亲。痛恨之极，心中充满了对于无常的悲愤和疑惑。自己没有解除这悲和疑的能力，便堕入了颓唐的状态。我只想跟着孩子们到山巅水滨去picnic（郊游），以暂时忘却我的苦痛，而独怕听接触人生根本问题的话。我是明知故犯地堕落了。但我的堕落在我所处的社会环境中颇能隐藏。因为我每天还为了糊口而读几页书，写几小时的稿，长年除荤戒酒，不看戏，又不赌博，所有的嗜好只是每天吸半听美丽牌香烟，吃些糖果，买些玩具同孩子们弄弄。在我所处的社会环境中的人看来，这样的人非但不堕落，着实是有淘剩①的。但M先生的严肃的人生，显明地衬出了我的堕落。他和我谈起我所作而他所序的《护生画集》，勉励我；知道我抱着风木之悲，又为我解说无常，劝慰我。

---

① 淘剩，作者家乡话，意即出息。

其实我不须听他的话，只要望见他的颜色，已觉羞愧得无地自容了。我心中似有一团"剪不断，理还乱"的丝，因为解不清楚，用纸包好了藏着。M先生的态度和说话，着力地在那里发开我这纸包来。我在他面前渐感局促不安，坐了约一小时就告辞。当他送我出门的时候，我感到与十余年前在这里做了几小时傀儡而解放出来时同样愉快的心情。我走出那陋巷，看见街角上停着一辆黄包车，便不问价钱，跨了上去。仰看天色晴明，决定先到采芝斋买些糖果，带了到六和塔去度送这清明日。但当我晚上拖了疲倦的肢体而回到旅馆的时候，想起上午所访问的主人，热烈地感到畏敬的亲爱。我准拟明天再去访他，把心中的纸包打开来给他看。但到了明朝，我的心又全被西湖的春色所占据了。

第三次我到这陋巷，是最近一星期前的事。这回是我自动去访问的。M先生照旧孑然一身地隐居在那陋巷的老屋里，两眼照旧描着坚致有力的线而炯炯发光，谈笑声照旧愉快。只是使我惊奇的，他的深黑的须髯已变成银灰色，渐近白色了。我心中浮出"白发不能容宰相，也同闲客满头生"之句，同时又悔不早些常来亲近他，而自恨三年来的生活的堕落。现在我的母亲已死了三年多了①，我的心似已屈服于"无常"，不复如前之悲愤，同时我的生活也就从颓唐中爬起来，想对"无常"作长期的抵抗了。我在古人诗词中读到"笙歌归院落，灯火下楼台"，"六朝旧时明月，清夜满秦淮"，"白头宫女在，闲坐说玄宗"等咏叹无常的文句，不肯放过，给它们翻译为画。以前曾寄两幅给M先生，近来想多集些文句来描画，预备作一册《无常画集》。我就把这点意思告诉他，并请他指教。他欣然地指示我许多可找这种题材的佛经和诗文集，又背诵了许多佳句给我听。最后他翻然地说道："无常就是常。无常容易画，常不容易画。"我好久没有听见这样的话了，怪不得生活异常苦闷。他这话把我从无常的火宅中救出，使我感到无限的清凉。当时我想，我画了《无常画集》之后，要再画一册《常画集》。《常画集》不须请他作序，因为自始至终每页都是空白的。这一天我走出那陋巷，已是傍晚时候。岁暮的景象和雨雪充塞了道路。我独自在路上彷徨，回想前年不问价钱跨上黄包车那一回，又回想二十年前作了几小时傀儡而解放出来那一会，似觉身在梦中。

一九三三年一月十五日于石门湾。

---

① 作者的母亲死于 1930 年农历正月初五，即公历 2 月 3 日。据此"三年多"一说，疑文末之写作年代为农历。

劳者自歌（十一则）

一①

住在乡镇里生病，只得请中医看，吃中国药。都会里的朋友写信来，劝我到上海去进医院。我感谢他，然而没有听他的话。

因为在这里，我这病人的治疗法，算最合理的了。同镇的病人，有的正在那里请巫女看鬼，有的请道士驱邪，或者抬泥菩萨到家里来镇魔，差不多天天有敲锣鸣炮送神的声音，送到我的病床上来。我家常送"谢菩萨"份子，家里的工人常常餍足了"谢菩萨夜饭"的酒肉而归来。我生病不请教鬼神而请教中国医生，在这里已算是最合理，最正当，最开通的治法。满足之不暇，哪里还有工夫去讲医术和药质呢？

1933年

---

① 此则原载《劳者自歌》（1934年9月（上海）生活书店初版，系16人合集）一书。

二^①

体温天天三十九度，身子天天躺在床里。这也可谓人间寂寥的境地了。然而也还可找求生的欢喜与感兴。

视线所直射的梁木上有一只壁蟢^②在那里做窠。最初只看见木头上淡淡的一小白点。壁蟢在其周围逡巡徘徊了一天，第二日那白点大了一圈，白了一些，壁蟢又在其旁逡巡徘徊了一天，第三日那白点又大了一圈，又白了一些。这样地经过了五日，梁木上就有了一个圆圆白白的小月亮，壁蟢从此不再见了。

这个小动物，也知道要保存自己的种族，也肯为子孙作牛马。天地好生之德，可谓广大而普遍了。

1933年

三^③

劳者休息的时候要唱几声歌。

他的声音是粗陋的。不合五音六律，不讲和声作曲。非泣非诉，非怨非慕。冲口而出，任情所至。

---

① 此则原载《劳者自歌》（1934年9月（上海）生活书店初版）一书。

② 壁蟢，即壁钱，也称壁茧。

③ 第三、四、五则原载《良友》1934年9月1日第93期。

他的歌是短简的。寥寥数句，忽起忽讫。因为他只有微小的气力，短暂的时间。

他的歌是质朴的，不事夸张，不加修饰。身边的琐事，日常的见闻，断片的思想，无端的感兴，率然地、杂然地流露着。

他原是自歌，不是唱给别人听的。但有人要听，也就让他们听吧。听者说好也不管，说不好也不管。"聋人也唱胡笳曲，好恶高低自不闻。"劳者自歌就同聋人唱曲一样。

廿三（1934）年七月十五日。

四

中国画描物向来不重形似，西洋画描物向来重形似；但近来的西洋画描物也不重形似了。中国画描色向来像图案，西洋画描色向来照自然；但近来的西洋画描色也像图案了。中国画向来重线条，西洋画向来不重线条；但近来的西洋画也重线条了。中国画向来不讲远近法，西洋画向来注重远近法；但近来的西洋画也不讲远近法了。中国人物画向来不讲解剖学，西洋人物画向来注重解剖学；但近来的西洋人物画也不讲解剖学了。中国画笔法向来单纯，西洋画笔法向来复杂；但近来的西洋画笔法也单纯了。中国画向来以风景为主，西洋画向来以人物为主；但近来的西洋画也以风景画为主了，etc.（等等）。自文艺复兴至今日的西洋绘画的变迁，可说是一步一步地向中国画接近。这一篇话其实只要列一个表。

廿三（1934）年七月二十日。

五

我梦见一只大船，在一片茫无涯际的大海上飘摇。船里的乘客，有的人高卧着，有的人闲坐着，有的人站立着，有的人连立脚地都没有，攀住了船沿而荡空着。

为了舱位不均，各处都在那里纷争。有的说高卧的应该让位，有的说闲坐的应该站起来，有的说站立的应该排紧些，有的说荡空的应该放下来，议论纷纷，莫衷一是；声势汹汹，满船鼎沸。就中有少数人提议说："我们是同船合命，应该大家觉悟，自动地坐均匀来，讨论一个最重大的根本问题：我们这船究竟开往哪里？"但是他们的声音细弱，有的人听不到，有的人听到了，却怪他们迂阔，说现在争舱位都来不及，哪有工夫讨论这种问题？

我在梦中希望他们的声音放大来。不然，我想，要到舱位终于争定了或终于争不均匀的时候，大家才会想起这根本问题来。

廿三（1934）年七月三十。

六①

　　猪好像是最蠢最丑恶的东西。上海人骂愚蠢的人为猪猡。西洋画中描写猪的极少，中国画好像从来不曾描过猪。但日本画家中，却有关于画猪的逸话：名画家应举，欲写卧猪图，托一村妪留心找模特儿。一日，妪来报有猪卧树下，请速去画，应举匆匆携画具往，摹写一幅而归。翌日，有山乡老农来，应举出画示之。老农说，此非卧猪乃死猪，应举不信，驰往村妪处观之，见猪仍卧树下，果死猪也。

　　应举是有名的写实画家。这逸话正是表明他的写实手腕的高妙的。但我觉得那老农比画家更可佩服。画家只会依样描写，连死活都勿得知。

廿三（1934）年八月二日。

七

　　从茶楼上望下来，看见对面的水门汀上坐着一个丐婆和她的两个孩子。那丐婆蓬头垢面，伸长了头颈，打起了江北白叫苦求乞。那两个孩子一个大约七八岁，

---

① 第六、七、八则原载《人间世》1934年10月20日第14期。

一个大约三四岁，身上都一丝不挂，在她母亲旁边的水门汀上，匍匐着，并且跟着他母亲的声音号啕。我只听见"老爷……太太……"别的话我都听不懂。我注意那三四岁的孩子的皮肤很白嫩，和乳母车里的孩子差不多。

一个穿新皮鞋的洋装青年从水门汀的一端走来，他的履声尖锐强烈而均匀，好像为丐婆的哭声按拍的檀板声。他昂首向天，经过丐婆之旁。

我亲看见那白嫩的小脚趾被那新皮鞋踏了一脚，小乞丐大哭失声。但那丐婆只管继续号啕，没有知道这事。

廿三（1934）年八月十三日。

八

在经营画面位置的时候，我常常感到绘画中物体的重量，另有标准，与实际的世间所谓轻重迥异。

在一切物体中，动物最重。动物中人最重，犬马等次之。故画的一端有高山丛林或大厦，他端描一个行人，即可保住画的均衡。

次重的是人造物。人造物能移动的最重，如车船等是。固定的次之，如房屋桥梁等是。故在山野的风景画中，房屋车船等常居画面的主位。

最轻的是天然物。天然物中树木最重，山水次之，云烟又次之。故树木与山可为画中的主体，而以水及云烟为主体的画极少。云烟山水树木等分量最轻，故位在画的边上不成问题。家屋舟车就不宜太近画边，人物倘描在画的边上了，这一边分量很重，全画面就失却均衡了。

廿三（1934）年八月十六日。

九[①]

黑猫衔了正在哺乳的母老鼠去，剩下四只刚才出世的小老鼠在屉斗角里，被工人发见了，双手捧出来给我看。

我看见一团乱纸屑里，裹着四只粉红色的小老鼠。浑身无毛，两眼微开，形似四粒会颤动的花生米。"可怜！这么大就没有了保护者。怎么办呢？"我不自知地感慨，怜惜，似将设法救济了。工人讥讽地笑道："这是'老鼠'呀！有什么可怜呢？"我又不自知地跟着他说道："啊，这是'老鼠！'"他以为我已被他提醒，就捧着小老鼠得意地走了。

我也知道老鼠是害虫，然而感慨怜惜不已。因为这光景使我联想起最近的惨闻：乱机轰炸嘉兴车站上的难民，弹片削去了一个母亲的头，尸体不倒，膝下

---

① 第九、十、十一则原载《宇宙风》1937年11月21日第52期。

的婴儿还在牵衣，怀中的襁褓还在吃奶。

原来我所感慨而怜惜的，不是老鼠本身，而是老鼠所象征的人生。戒杀护生，皆当不失此旨。不然，今恩足于及禽兽，而功不至于同类者，独何欤？

廿六（1937）年、十、廿三。

十

得失与祸福，有时表里相反。例如日本用飞机载许多炸弹到中国各地轰炸，似是中国之大祸，实则每个炸弹都是唤起中国民众的一架警钟。未被轰炸的地方，多数民众不识炸弹为何物，因而不能想象被侵略之苦痛与作亡国奴的滋味，还想照旧安居乐业，养生丧死呢。等到亲眼看见了敌人侵略的手腕，方才切身地感动，彻底地觉悟。群起抗敌，敌无不克。因为众志所成的城，是炸弹所不能破坏的。

所以日本在中国所投炸弹虽多，我还嫌其太少。最好在全国各市镇的空地上各投一个，打碎几块石头，飞起几只树根来给我们的民众看看。那时日本仿佛奉送中国各地一架警钟，唤起四万万民众来征伐日本。在日本是偷鸡蚀米，在中国是因祸得福。我们真要感谢日本呢。

廿六（1937）年、十、廿九。

十一

某家庭中几乎每天相骂。老主人交易所少赚了些，见人就骂。老太太放了坍账，拼命地打丫头。大少爷二少爷每次从上海寄东西来，大少奶奶二少奶奶必然和公婆相骂一场。三小姐每逢要做一件新衣裳，必然啼哭几场，或者断食一顿。一年三百六十六日之内，几乎没有安宁的日子。

自从今年八月十三以来，这家庭忽然和睦了。为的是中日战争突发，老主人的大批趸货沦入虹口战区；老太太的存款被银行扣留不发；大少爷的公司全部被焚，二少爷托故请假归家，在松江车站吃了一颗敌机的枪弹，跷着脚逃回，又被当局开除了差使；三小姐不再上杭州上海去剪衣料，看电影。因此一家团聚，融融恰恰。每天只要敌机不来，败兵不到，就大家心平气和，各无异言，更无相骂的余兴了。

我想，现在正是这家庭的最和平幸福的时代。因为到了中国决胜，百业恢复之后，恐怕他们又要每天相骂，没有安宁的日子了。

廿六（1937）年、十、卅。

两个"？"

　　我从幼小时候就隐约地看见两个"？"。但我到了三十岁上方才明确地看见它们。现在我把看见的情况写些出来。

　　第一个"？"叫做"空间"。我孩提时跟着我的父母住在故乡石门湾的一间老屋里，以为老屋是一个独立的天地。老屋的壁的外面是什么东西，我全不想起。有一天，邻家的孩子从壁缝间塞进一根鸡毛来，我吓了一跳；同时，悟到了屋的构造，知道屋的外面还有屋，空间的观念渐渐明白了。我稍长，店里的伙计抱了我步行到离家二十里的石门城①里的姑母家去，我在路上看见屋宇毗连，想象这些屋与屋之间都有壁，壁间都可塞过鸡毛。经过了很长的桑地和田野之后，进城来又是毗连的屋宇，地方似乎是没有穷尽的。从前我把老屋的壁当作天地的尽头，现在知道不然。我指着城外问大人们："再过去还有地方吗？"大人们回答我说："有嘉兴、苏州、上海；有高山，有大海，

————————
① 石门城，原名崇德县，一度改为石门县。1958年并入桐乡县，改名崇福镇。

还有外国。你大起来都可去玩。"一个粗大的"？"隐约地出现在我的眼前。回家以后，早晨醒来，躺在床上驰想：床的里面是帐，除去了帐是壁，除去了壁是邻家的屋，除去了邻家的屋又是屋，除完了屋是空地，空地完了又是城市的屋，或者是山是海，除去了山，渡过了海，一定还有地方……空间到什么地方为止呢？我把这疑问质问大姐。大姐回答我说："到天边上为止。"她说天像一只极大的碗覆在地面上。天边上是地的尽头，这话我当时还听得懂；但天边的外面又是什么地方呢？大姐说："不可知了。"很大的"？"又出现在我的眼前，但须臾就隐去。我且吃我的糖果，玩我的游戏吧。

我进了小学校，先生教给我地球的知识。从前的疑问到这时候豁地解决了。原来地是一个球。那么，我躺在床上一直向里床方面驰想过去，结果是绕了地球一匝而仍旧回到我的床前。这是何等新奇而痛快的解决！我回家来欣然地把这新闻告诉大姐。大姐说："球的外面是什么呢？"我说："是空。""空到什么地方为止呢？"我茫然了。我再到学校去问先生，先生说："不可知了。"很大的"？"又出现在我的眼前，但也不久就隐去。我且读我的英文，做我的算术吧。

我进师范学校，先生教我天文。我怀着热烈的兴味而听讲，希望对于小学时代的疑问，再得一个新奇而痛快的解决。但终于失望。先生说："天文书上所说的只是人力所能发见的星球。"又说："宇宙是无穷大的。"无穷大的状态，我不能想象。我仍是常常驰想，这回我不再躺在床上向横方驰想，而是仰首向天上驰想；向这苍苍者中一直上去，有没有止境？有的么，其处的状态如何？没有的么，使我不能想象。我眼前的"？"比前愈加粗大，愈加迫近，夜深人静的时候，我屡屡为了它而失眠。我心中愤慨地想：我身所处的空间的状态都不明白，我不能安心做人！世人对于这个切身而重大的问题，为什么都不说起？以后我遇见人，就向他们提出这疑问。他们或者说不可知，或一笑置之，而谈别的世事了。我愤慨地反抗："朋友，这个问题比你所谈的世事重大得多，切身得多！你为什么不理？"听到这话的人都笑了。他们的笑声中似乎在说："你有神经病了。"我不好再问，只得让那粗大的"？"照旧挂在我的眼前。

第二个"？"叫做"时间"。我孩提时关于时间只有昼夜的观念。月、季、年、世等观念是没有的。我只知道天一明一暗，人一起一睡，叫做一天。我的生活全部沉浸在"时间"的急流中，跟了它流下去，没有抬起头来望望这急流的前后的光景的能力。有一次新年里，大人们问我几岁，我说六岁。母亲教我：

"你还说六岁？今年你是七岁了，已经过了年了。"我记得这样的事以前似曾有过一次。母亲教我说六岁时也是这样教的。但相隔久远，记忆模糊不清了。我方才知道这样时间的间隔叫做一年，人活过一年增加一岁。那时我正在父亲的私塾里读完《千字文》，有一晚，我到我们的染坊店里去玩，看见账桌上放着一册账簿，簿面上写着"菜字元集"这四字。我问管账先生，这是什么意思？他回答我说："这是用你所读的《千字文》上的字来记年代的。这店是你们祖父手里开张的。开张的那一年所用的第一册账簿，叫做'天字元集'，第二年的叫做'地字元集'，天地玄黄，宇宙洪荒……每年用一个字。用到今年正是'菜重芥姜'的'菜'字。"因为这事与我所读的书有关联，我听了很有兴味。他笑着摸摸他的白胡须，继续说道："明年'重'字，后年'芥'字，我们一直开下去，开到'焉哉乎也'的'也'字，大家发财！"我口快地接着说："那时你已经死了！我也死了！"他用手掩住我的口道："话勿得！话勿得！大家长生不老！大家发财！"我被他弄得莫名其妙，不敢再说下去了。但从这时候起，我不复全身沉浸在"时间"的急流中跟它飘流。我开始在这急流中抬起头来，回顾后面，眺望前面，想看看"时间"这东西的状态。我想，我们这店即使依照

《千字文》开了一千年，但"天"字以前和"也"字以后，一定还有年代。那么，时间从何时开始，何时了结呢？又是一个粗大的"？"隐约地出现在我的眼前。我问父亲："祖父的父亲是谁？"父亲道："曾祖。""曾祖的父亲是谁？""高祖。""高祖的父亲是谁？"父亲看见我有些像孟尝君，笑着抚我的头，说："你要知道他做什么？人都有父亲，不过年代太远的祖宗，我们不能——知道他的人了。"我不敢再问，但在心中思维"人都有父亲"这句话，觉得与空间的"无穷大"同样不可想象。很大的"？"又出现在我的眼前。

我入小学校，历史先生教我盘古氏开天辟地的事。我心中想：天地没有开辟的时候状态如何？盘古氏的父亲是谁？他的父亲的父亲的父亲……又是谁？同学中没有一个提出这样的疑问，我也不敢质问先生。我入师范学校，才知道盘古氏开天辟地是一种靠不住的神话。又知道西洋有达尔文的"进化论"，人类的远祖就是做戏法的人所畜的猴子。而且猴子还有它的远祖。从我们向过去逐步追溯上去，可一直追溯到生物的起源，地球的诞生，太阳的诞生，宇宙的诞生。再从我们向未来推想下去，可一直推想到人类的末日，生物的绝种，地球的毁坏，太阳的冷却，宇宙的寂灭。但宇宙诞生以前，和寂灭以后，"时间"这东西难道没有了吗?"没有时间"的状态,比"无穷大"的状态愈加使我不能想象。而时间的性状实比空间的性状愈加难于认识。我在自己的呼吸中窥探时间的流动痕迹,一个个的呼吸鱼贯地翻进"过去"的深渊中,无论如何不可挽留。我害怕起来,屏住了呼吸,但自鸣钟仍在"的格,的格"地告诉我时间的经过。一个个的"的格"鱼贯地翻进过去的深渊中,仍是无论如何不可挽留的。时间究竟怎样开始?将怎样告终?我眼前的"?"比前愈加粗大,愈加迫近了。夜深人静的时候,我屡屡为它失眠。我心中愤慨地想:我的生命是跟了时间走的。"时间"的状态都不明白,我不能安心做人!世人对于这个切身而重大的问题,为什么都不说起?以后我遇见人,就向他们提出这个问题。他们或者说不可知,或者一笑置之,而谈别的世事了。我愤慨地反抗:"朋友!我这个问题比你所谈的世事重大得多,切身得多!你为什么不理?"听到这话的人都笑了。他们的笑声中似乎在说:"你有神经病了!"我不再问,只能让那粗大的"?"照旧挂在我的眼前,直到它引导我入佛教的时候。[1]

廿二(1933)年二月廿四日。

---

[1] 最后一句"直到……"编入 1957 年版《缘缘堂随笔》时被作者删去。

怜　伤[①]

我们围坐在炉旁闲谈，偶然翻阅杂志，发见了一张科学界惊闻的照片。据说美国某处的人要把一所三层楼石造巨屋迁移到别处去，将屋下的基地凿断，填以木条和铁棍。用大力拖曳这连地的屋，使在铁棍上滚动，像开车一般。照片上所载的便是正在移动的石屋的样子（照片见《东方》第十三卷第二号）。炉旁的老者们看了这照片，对于这工程十分地惊叹，几乎不能相信。小孩子们听了并不诧异，因为在他们的想象的世界中，这原是不足稀奇的事；但听说房子能像车子般开走，也很高兴。我却由惊叹而转成了怜伤的心情。

我惊叹科学对自然的抵抗力的伟大。古人视为不可能的事，今人一件一件地在那里做到来。佛经里所谓天耳通，天眼通，现代的无线电话和电流照相都可仿佛；《穆天子传》里的八骏日行三万里，在现今的航空家看来也没有什么稀奇了。科学的抵抗自然，好像

---

① 　本篇原载《东方杂志》1933 年 4 月 16 日第 30 卷第 8 号。

现今日本的侵略中国，一天进步一天。载着三层楼的大石屋的地皮，都可割断了使它像汽车般开走，由此更进一步，费长房①的缩地之方一定不难实现；飞来峰的传说也不足传诵了。科学对自然的抵抗力的伟大，真可惊叹！

但到了夜阑人散，火炉旁边只剩我一人的时候，我继续吟味刚才的话题，又觉碍科学的抵抗自然的努力，可怜得很；地壳形成的时候偶然微微凹进了一块，科学就须费数千百人的头脑和气力来营造船舶，才得济渡这凹块。地球行动时微微走近太阳一些，科学就忙煞各种避暑防疫的设备；微微离开太阳一些，又要它忙煞御寒的工作了。假如地球走得高兴，一朝跑出轨道外边去玩玩，使用科学的人类就得全部灭亡，宇宙间更无科学的存在了。科学的抵抗自然，犹之娇儿的占胜两亲。要抱就抱，要携就携，要饼买饼，要糖买糖，都是两亲的恩宠！一旦失却了恩宠而见弃于父母，这娇儿就得死于冻馁，转乎沟壑，再向哪里去撒娇撒痴呢？科学的号称万能而抵抗自然，正像这小孩的对两亲撒娇撒痴，作威作福，怪可怜的！现代都市中的八十余阶的高层建筑，夸称为"摩天阁"（sky

---

① 费长房，东汉方士，相传他有缩地术。

scraper），顾名思义，已是惭愧。一旦失却了自然的恩宠，大地震怒起来，科学只有束手旁观"摩天阁"的倒地和人类的死亡了！这话也许可以触怒科学万能的信徒。但在十年间连逢两次大震灾的日本人听了，一定有切身的感动。陶渊明诗云："荣华诚足贵，亦复可怜伤。"现代科学的荣华正是如此。

廿二（1933）年三月九日。[①]

---

① 发表在《东方杂志》上时，文末所署为：民国二十二年三月九日于石门湾。

放　生

　　一个温和晴爽的星期六下午，我与一青年君及两小孩①四人从里湖雇一叶西湖船，将穿过西湖，到对岸的白云庵去求签，为的是我的二姐为她的儿子择配，已把媒人拿来的八字②打听得满意，最后要请白云庵里的月下老人代为决定，特写信来嘱我去求签。这一天下午风和日暖，景色宜人，加之是星期六，人意格外安闲；况且为了喜事而去，倍觉欢欣。这真可谓天时地利人和三难合并，人生中是难得几度的！③

　　我们一路谈笑，唱歌，吃花生米，弄桨，不觉船已摇到湖的中心。但见一条狭狭的黑带远远地围绕着我们，此外上下四方都是碧蓝的天，和映着碧天的水。古人诗云："春水船如天上坐"。我觉得我们在形式上

---

① 　一青年君，是作者的学生鲍慧和；两小孩，是作者的女儿阿宝和软软。

② 　八字，这里指媒人拿给男方的红帖子上用花甲子写的女子出生年、月、日、时，共八个字，故名。

③ 　从"人意格外安闲……"至此，编入 1957 年版《缘缘堂随笔》时，作者曾作改动，现予恢复。

"如天上坐"，在感觉上又像进了另一世界。因为这里除了我们四人和舟子一人外，周围都是单纯的自然，不闻人声，不见人影。仅由我们五人构成一个单纯而和平、寂寥而清闲的小世界。这景象忽然引起我一种没来由的恐怖：我假想现在天上忽起狂风，水中忽涌巨浪，我们这小世界将被这大自然的暴力所吞灭。又假想我们的舟子是《水浒传》里的三阮之流，忽然放下桨，从船底抽出一把大刀来，把我们四人一一砍下水里去，让他一人独占了这世界。但我立刻感觉这种假想的没来由。天这样晴明，水这样平静，我们的舟子这样和善，况且白云庵的粉墙已像一张卡片大小地映入我们的望中了。我就停止妄想，①和同坐的青年闲谈远景的看法，云的曲线的画法。坐在对方的两小孩也回转头去观察那些自然，各述自己所见的画意。

忽然，我们船旁的水里轰然一响，一件很大的东西从上而下，落入坐在我旁边的青年的怀里，而且在他怀里任情跳跃，忽而捶他的胸，忽而批他的颊，一息不停，使人一时不能辨别这是什么东西。在这一刹那间，我们四人大家停止了意识，入了不知所云的三昧境，因为那东西突如其来，大家全无预防，况且为

① 从"但我立刻感觉这种假想的没来由……"至此，编入1957年版《缘缘堂随笔》时作者有删改，现予恢复。

从来所未有的经验，所以四人大家发呆了。这青年瞪目垂手而坐，不说不动，一任那大东西在他怀中大肆活动。他并不素抱不抵抗主义。今所以不动者，大概一则为了在这和平的环境中万万想不到需要抵抗；二则为了未知来者是谁及应否抵抗，所以暂时不动。我坐在他的身旁，最初疑心他发羊癫疯，忽然一人打起拳来；后来才知道有物在那里打他，但也不知为何物，一时无法营救。对方二小孩听得暴动的声音，始从自然美欣赏中转过头来，也惊惶得说不出话。[①]这奇怪的沉默持续了约三四秒钟，始被船尾上的舟子来打破，他喊道：

"捉牢，捉牢！放到后艄里来！"

这时候我们都已认明这闯入者是一条大鱼。自头至尾约有二尺多长。它若非有意来搭我们的船，大约是在湖底里躲得沉闷，也学一学跳高，不意跳入我们的船里的青年的怀中了。这青年认明是鱼之后，就本能地听从舟子的话，伸手捉牢它。但鱼身很大又很滑，再三擒拿，方始捉牢。滴滴的鱼血染遍了青年的两手和衣服，又溅到我的衣裾上。这青年尚未决定处置这俘虏的方法，两小孩看到血滴，一齐对他请愿：

—————————

① 从"对方二小孩听得暴动的声音……"至此，编入1957年版《缘缘堂随笔》时被作者删去。

"放生！放生！"

同时舟子停了桨，靠近他背后来，连叫：

"放到后艄里来！放到后艄里来！"

我听舟子的叫声，非常切实，似觉其口上带着些涎沫的。他虽然靠近这青年，而又叫得这般切实，但其声音在这青年的听觉上似乎不及两小孩的请愿声的响亮，他两手一伸，把这条大鱼连血抛在西湖里了。它临去又作一小跳跃，尾巴露出水来向两小孩这方面一挥，就不知去向了。船舱里的四人大家欢喜地连叫："好啊！放生！"船艄里的舟子隔了数秒钟的沉默，才回到他的座位里重新打桨，也欢喜地叫："好啊！放生！"然而不再连叫。我在舟子的数秒钟的沉默中感到种种的不快。又在他的不再连叫之后觉得一种不自然的空气涨塞了我们的一叶扁舟。水天虽然这般空阔，似乎与我们的扁舟隔着玻璃，不能调剂其沉闷。是非之念充满了我的脑中。我不知道这样的鱼的所有权应该是属谁的。但想象这鱼倘然迟跳了数秒钟，跳进船艄里去，一定依照舟子的意见而被处置，今晚必为盘中之肴无疑。为鱼的生命着想，它这一跳是不幸中之幸。但为舟子着想，却是幸中之不幸。这鱼的价值可达一元左右，抵得两三次从里湖划到白云庵的劳力的代价。这不劳而获的幸运得而复失，在我们的舟子是难免一会儿懊恼的。于是我设法安慰他："这是跳龙门的鲤鱼，鲤鱼跳进你的船里，你——（我看看他，又改了口）你的儿子好做官了。"他立刻欢喜了，喀喀地笑着回答我说："放生有福，先生们都发财！"接着又说："我的儿子今年十八岁，在××衙门里当公差，××老爷很欢喜他呢。""那么将来一定可以做官！那时你把这船丢了，去做老太爷！"船舱里和船艄里的人大家笑了。刚才涨塞在船里的沉闷的空气，都被笑声驱散了。船头在白云庵靠岸的时候，大家已把放生的事忘却。最后一小孩跨上了岸，回头对舟子喊道："老太爷再会!"岸上的人和船里的人又都笑起来。我们一直笑到了月下老人的祠堂里。

我们在月下老人的签筒里摸了一张"何如？子曰，可也。"的签，搭公共汽车回寓，天已经黑了。

廿四（1935）年三月二日于杭州。

素食以后

　　我素食至今已七年了，一向若无其事，也不想说什么话。这会大醒法师来信，要我写一篇"素食以后"，我就写些。

　　我看世间素食的人可分两种，一种是主动的，一种是被动的。我的素食是主动的。其原因，我承受先父的遗习，除了幼时吃过些火腿以外，平生不知任何种鲜肉味，吃下鲜肉去要呕吐。三十岁上，羡慕佛教徒的生活，便连一切荤都不吃，并且戒酒。我的戒酒不及荤的自然：当时我每天喝两顿酒，每顿喝绍兴酒一斤以上。突然不喝，生活上缺少了一种兴味，颇觉异样。但因为有更大的意志的要求，戒酒后另添了种生活兴味，就是持戒的兴味。在未戒酒时，白天若得喝两顿酒，晚上便会欢喜满足地就寝；在戒酒之后，白天若得持两回戒，晚上也会欢喜满足地就寝。性质不同，其为兴味则一。但不久我的戒酒就同除荤一样地若无其事。我对于"绿新醅酒，红泥小火炉。晚来天欲雪，能饮一杯无？"一类的诗忽然失却了切身的兴味。但在另一类的诗中也获得了另一种切身的兴味。

这种兴味若何？一言难尽，大约是"无花无酒过清明"的野僧的萧然的兴味吧。

被动的素食，我看有三种：第一是一种营业僧的吃素。营业僧这个名词是我擅定的，就是指专为丧事人家诵经拜忏而每天赚大洋两角八分（或更多，或更少，不定）的工资的和尚。这种和尚有的是颠沛流离生活无着而做和尚的，有的是幼时被穷困的父母以三块钱（或更多，或更少，不定）一岁卖给寺里做和尚的。大都不是自动地出家，因之其素食也被动：平时在寺庙里竟公开地吃荤酒，到丧事人家做法事，勉强地吃素；有许多地方风俗，最后一餐，丧事人家也必给和尚们吃荤。第二种是特殊时期的吃素，例如父母死了，子女在头七①里吃素，孝思更重的在七七②里吃素。又如近来浙东大旱，各处断屠，在断屠期内，大家忍耐着吃素。虽有真为孝思所感而弃绝荤腥的人，或真心求上苍感应而虔诚斋戒的人，但多数是被动的。第三种，是穷人的吃素。穷人买米都成问题，有饭吃大事已定，遑论菜蔬？他们即有菜蔬，真个是"菜蔬"而已。现今乡村间这种人很多，出市，用三个铜板买一块红腐乳带回去，算是为全家办盛馔了。但他们何

---

① 头七，指人死后第一个七天。

② 七七，指人死后七个七天，亦即四十九天。

尝不想吃鱼肉？是穷困强迫他们的素食的。

世间自动的素食者少，被动的素食者多。而被动的原动力往往是灾祸或穷困。因此世间有一种人看素食一事是苦的，而看自动素食的人是异端的，神经病的，或竟是犯贱的，不合理的。

萧伯讷（萧伯纳）吃素，为他作传的赫理斯说他的作品中女性描写的失败是不吃肉的原故。我们非萧伯讷的人吃了素，也常常受人各种各样的反对和讥讽。低级的反对者，以为"吃长素"是迷信的老太婆的事，是消极的落伍的行为。较高级的反对者有两派，一是根据实利的，一是根据理论的。前者以为吃素营养不足，出门不便利。后者以为一滴水中有无数微生物，吃素的人都是掩耳盗铃；又以为动物的供食用合于天演淘汰之理，全世界人不食肉时禽兽将充斥世界为人祸害；而持杀戒者不杀害虫，尤为科学时代功利主义的信徒所反对。

对于低级的反对者，和对于实利说的反对者，我都感谢他们的好意，并设法为他说明素食和我的关系。唯有对于浅薄的功利主义的信徒的攻击似的反对我不屑置辩。逢到几个初出茅庐的新青年声势汹汹似的责问我"为什么不吃荤？""为什么不杀害虫？"的时候，我也只有回答他说"不欢喜吃，所以不吃。""不做除虫委员，所以不杀。"功利主义的信徒，把人世的一切看作商业买卖。我的素食不是营商，便受他们反对。素食之理趣，对他们"不可说，不可说"①。其实我并不劝大家素食。《护生画集》中的画，不过是我素食后的感想的造形的表现，看不看由你，看了感动不感动更非我所计较。我虽不劝大家素食，我国素食的人近来似乎日渐多起来了。天灾人祸交作，城市的富人为大旱断屠而素食，乡村的穷民为无钱买肉而素食。从前三餐肥鲜的人现在只得吃青菜、豆腐了。从前"无肉不吃饭"的人现在几乎"无饭不吃肉"了。城乡各处盛行素食，"吾道不孤"，然而这不是我所盼望的！

廿三（1934）年观音诞（农历2月19日）。

---

① "不可说，不可说"，出自《普贤王菩萨行愿品》，意为只可意会，不可言传。

劳者自歌

百货公司的木器部中有一种放置茶具香烟具的架子，其构造：用木板雕成一个黑人的侧形，其人作立正姿势，平起两手，手中捧一小盘。这小盘就是预备给客厅里沙发上的人放置茶具或香烟的。先施、永安等百货公司中，都有这种木器陈列着。

我想用这家具时感觉上一定很不舒服。设想：我们闲坐在椅子上吸烟，吃茶，谈天；而教这个人形终日毕恭毕敬地捧着盘子鹄立在我们的旁边，伺候我们放置茶杯或烟蒂，感觉上难以为情。因为它虽然不是人，但具有人的形状，我们似乎很对他不起。

中国用具中的"汤婆子"，"竹夫人""竹夫人"，夏天睡觉时贴在身边、以求凉快的一种竹制品。，只具有人的名称，并不具有人的形状。这借用人的形状的木器，是西洋货，西洋封建时代的遗物。

一条河的两岸景象显然不同。

右岸多洋房，左岸多草棚。右岸的洋房中间虽然有几间小屋，也整洁得很。左岸的草棚中间虽然有几间平屋，也坍损得很。

右岸的街道是柏油路，平整清洁。左岸的街道是泥路，高低不平而龌龊。

右岸的人似乎个个衣冠楚楚，精神勃勃，连人们携着走的洋狗都趾高气扬。左岸的人似乎个个衣衫褴褛，精神萎靡，连钻来钻去的许多狗也都貌不惊人。河上有一爿桥。一个人堂堂地从右岸上桥，走过了桥，似乎忽然减杀了威风。

这条河在于沪西，河的右岸是租界，河的左岸是中国地界。

廿三（1934）年七月廿八日。

在杂志上发表大众美术的画，其实只给少数的知识阶级的人看看，大众是看不到的。大众看到的画，只有街头的广告画和新年里卖的"花纸"。广告画是诱他们去买物，不是诚意供他们欣赏的。专供大众欣赏的画只有"花纸"。

"花纸"就是旧历元旦市上摆摊，卖给大众带回家去，贴在壁上点缀新年的一种石印彩色画。所画的大概是旧戏，三百六十行，马浪荡，孟姜女，最近有淞沪战争等。有饭吃的农家，每逢新年，墙壁上总新添一两张"花纸"。农夫们酒后工余，都会对着"花纸"手指口讲，实行他们的美术的鉴赏。

可惜这种"花纸"的画，形式和内容都贫乏。这应该加以改良。提倡大众美术，应该走出杂志，到"花纸"上来提倡。

廿三（1934）年七月廿七日。[①]

牵牛花这东西很贱，去年的种子落在花台里，花台曾经拆造过，泥曾经翻过；今年夏天它们依然会生出来，生了十几枝。

牵牛花这东西很会攀附。我在花台旁的墙壁上钉好几排竹钉，在竹钉上绊许多绳子。牵牛花的蔓就会缘着绳子攀附上去。攀附得很牢，而且很快。

牵牛花这东西很好高，一味想钻上去，不久超过最高一排竹钉之上。我在其上再加一排竹钉和绳。过了一夜，它又钻在这排竹钉之上了。加了几次，后来须得用梯爬上去加；但它仍是一味好高，似乎想超过墙顶，爬上天去才好。

这种花在日本被称为朝颜，它们只能在破晓辰光开一下；太阳一出，它们统统闭缩，低下头去，好像很难为情，无颜见太阳似的。

廿三（1934）年七月廿四日。[②]

---

①　本则原载《良友》1934 年 9 月 1 日第 93 期。

②　本则原载《良友》1934 年 9 月 1 日第 93 期。

农人都穷，出街上来只是看看，不买东西。商店大患之，便巧妙地陈列货物给他们看，诱他们买。饭店把鲜肥肉白鸡装了盘子，陈列在柜台的最外口，把油光和香气冲射农人的眼鼻，使他们流涎。广货店①把闪亮的橡皮套鞋，五彩的热水瓶，雪白的毛巾陈列在靠街的玻璃窗中，以牵惹行人的注目。又把簇新的阳伞张开了，挂在檐头，好像可以拿了柄子就走的。糖食店把大块的花生糖，透明的粽子糖，以及五色纸包的洋式糖，陈列在柜台外口的玻璃箱中，使人看了口角生津。身不带钱的农人看饱了一顿回村去。从当铺里出来的农人禁不住这种诱惑，把身边的钱用了再说。

这样，因为农人穷，不买东西，商店便用巧妙的广告术来诱惑他们。农人愈受诱惑，愈穷。将愈不买东西。商店势必用愈巧妙的广告术来诱惑他们。这结果不堪设想。

廿三（1934）年八月十日。②

坐在船里望去，前面是青青的草原，重重叠叠的树木。草原下衬着水波，树木上覆着青天，天空中疏

---

① 在作者家乡一带，称百货商店为广货店。

② 本则原载《人间世》1934 年 10 月 20 日第 14 期。

疏地点缀着几朵白云。这般美景好像一幅天真烂漫的笑颜，欢迎着我的船。

过了一会，重叠的树木中间露出两个旗杆，和一角庙宇来。这些建筑的直线和周围的自然的曲线相照映，更完成了美好的构图。但这墙不是红墙，而是一道蓝墙；蓝墙上显出两个极粗大的图案文字"仁丹"，非常触目。以前欢迎我的笑颜，忽然敛容退却，让这两个字强硬地站出前面来招呼我。

这好像上海四马路[①]上卖春宫的，商务印书馆门前卖自来水笔的，又好像杭州的黄包车夫，突然拦住去路，硬要你买。我想叱一声"不要！"叫他走开。

廿三（1934）年八月十日于船中。[②]

在画中要求自然物象，是人之常情。在画面讲究形色光线的美，是画的本职。偏重第一条件的是古代的宗教画，文人画，现代的广告画，宣传画。偏重第二条件的是立体派、构成派的画。前者不忠于画的本职，后者不合人之常情。

绘画是造形美术，应以画的本职为主。但同时又须近于人情，方为纯正的绘画，在过去的艺术中，印

---

① 当时四马路上多妓院。

② 本则原载《人间世》1934 年 10 月 20 日第 14 期。

象派可说是纯正绘画的好例。因为它在自然物象中的选美的形色光线而描成绘画，不背人之常情，而又恪守造型美术的本职。

一般鉴赏者欢喜偏重第一条件的绘画，特殊鉴赏者欢喜偏重第二条件的绘画，纯正的美术爱好者欢喜纯正的绘画。无论"为艺术的艺术"，"为人生的艺术"，"象牙塔艺术"，"普罗①艺术"，凡人世间的绘画，必以人之常情和画的本职为千古不变的两个根本条件。

廿三（1934）年七月廿九日。

日本闲田子著《近世畸人传》是由名画家三熊思考作插画的。日本美术论者称赞他关于孝女栗子的画。原文大意如此：栗子是日本甲斐国山梨郡一个人的妻子。事舅姑至孝。舅姑及夫皆死，遗一八岁亲生子，及一十二岁义子。一日，山水泛滥，田舍人畜尽没，水退，发现栗子尸骸手携八岁亲生子，背负十二岁义子，横死泥中。但三熊思考的插画，不写横死泥中的光景，而写山水猝发，栗子负义子携新生子，被怒涛追逐而仓皇出奔的紧张的情景。论者说这画与文互相发挥，为插画中之上乘。

我觉得，画匠与画家的分别，用这段话来说明，

----

① 普罗，英文 proletarian（无产阶级的）译音的简化。

最得要领。

廿三（1934）年八月四日。[①]

古时称文人生涯为"笔耕"。今日称译著生活为"精神劳动"。我想，再详切一点，写稿可比方摇船。摇船先要规定方向和目的地。其次要认明路径的转折，不要走错路，也不要打远圈。打了远圈摇船的人吃力，坐船的人也心焦。方向，目的地，和路径都明白了，然后一橹一橹地摇去，后来工作自会完成。写稿的工作完全同摇船一样。

摇船的人有一句话"停船三里"：即中途停一停船要花费时间，好比多摇三里路。因为停的时候不能立刻停，要慢慢地停下来；停过之后再开也不能立刻驶行，要慢慢地驶行起来，这一起一倒颇费时间。写稿也可以说"答话三百"。即写稿时倘有人问你一句话，你要少写三百个字。因为答话时要搁住了文思而审听那人的问话，以便答复。答复过之后要重寻坠绪而发挥下去。这一起一倒也颇费时间。

廿三（1934）年七月二十二日。

身体劳动的人疲倦时可教肢体完全不动，精神劳

---

① 本则原载《人间世》1934 年 10 月 20 日第 14 期。

动的人疲倦时却不能教心思完全不想。故身体劳动可有完全的休息，而精神劳动除了酣睡以外没有完全的休息；衔着香烟闲坐的人方寸中忙着思维，携着手杖闲行的人脑筋里忙着筹算，不是常有的事情吗？

精神劳动的人要休息，除了酣睡以外，只有听音乐。音乐能使人心完全停止思维筹算，而入陶醉状态。心虽然也在这状态中活动，但这活动不是想而是感，感动之极，有时也会疲劳；但这疲劳伴着趣味，不觉苦痛。在精神劳动者，不伴苦痛的心的活动已算是他的休息了。

可惜中国目下少有了可供精神劳动当作休息的音乐。其人倘患失眠症，或者被梦魔所扰，简直是四六时中不断地在那里劳动。

廿三（1934）年七月廿三夜。

吾乡道士的营业有三项：一是为病人谢菩萨①；一是为死人诵经忏；一是为地方上打平安大醮。但近来这三项营业都衰落，道士生计困难。一则为了人都穷，对鬼神也怠慢起来；二则为了迷信渐被打破，有些人

---

① 谢菩萨，旧时作者家乡一带的一种迷信活动，又称拜三牲，即：买一个猪头，一条鱼，杀一只鸡，供起菩萨，请一个道士来拜祷，以求家中病人早日痊愈。

不相信鬼神了。有一个做道士的朋友告诉我，今年夏天，地方上例行的平安大醮恐怕也打不成。因为这平安忏是禳火灾的，今年向市上去收忏捐，有许多商店不肯出，说道"我们已经保火险，平安忏不要拜了。"

　　道士的生计，眼见得还要困难下去。平安忏已被火灾保险所打倒，将来谢菩萨和诵经忏也将为人寿保险所代替。但这仍旧是一种迷信，不过玉皇大帝换了财神菩萨。

廿三（1934）年七月廿八日。

　　我家庭中有个葡萄棚，夏日绿荫满庭，棚前人物都染成青色。可是这葡萄藤因为是去年从别处移植过来的，那根被翻过一次，吸收养分的能力减弱，所以今年生的葡萄很少，而且不甜。

　　邻近的人家也有枝葡萄藤，生的葡萄很多，而且很甜。我们互相比较之下，邻家的老太太说，她除用肥之外，每当葡萄开花的时候，泡了大壶的糖汤，浇在花上，每天浇好几次，所以生出来的葡萄很甜。

　　我知道花不是吸收养分的器官。又知道即使用糖汤浇在根上，其结果不一定甜。但这位邻家的老太太始终自信她的栽培法的有效。旁人也都赞许。我似觉教育上也有类乎此的栽培法。

我已经吃好饭，放下碗筷；为听未吃好饭的人谈话，暂时仍坐在食桌旁的凳上。眼睛所注射的地下，有一群蚂蚁正在扛一粒饭。他们凑集在饭粒的周围，衔着了它合力移行，望下去好像一朵会移动的白心黑瓣的菊花。

　　我一面听食桌上的人谈话，一面目送这朵菊花移行。移到地平砖缺一个角而作成一洼的地方，全部翻进洼里。那些蚂蚁有的留在洼边上没有跌下去；有的跟了饭粒跌下去，打几个滚，还是誓死咬住不放；有的被压在饭粒底下，挣扎了好一会方才钻出。它们忙乱了一会，依旧团聚起来，扛着饭粒在洼中移行。费了不少的努力，扛上斜坡，走出洼地，来到平地上。我替它们抽一口大气。

　　正在这时候，一只穿皮鞋的脚像飞来峰一般地落在这菊花上面，又立刻拖回去。我不由而惊喊一声。大家往桌子底下看时，只见地上画着一条黑色的湿痕。

　　廿三（1934）年七月廿四日。

无常之恸①

　　无常之恸，大概是宗教启信的出发点吧。一切慷慨的，忍苦的，慈悲的，舍身的，宗教的行为，皆建筑在这一点心上。故佛教的要旨，被包括在这个十六字偈内："诸行无常，是生灭法。生灭灭已，寂灭为乐。"这里下二句是佛教所特有的人生观与宇宙观，不足为一般人道；上两句却是可使谁都承认的一般公理，就是宗教启信的出发点的"无常之恸"。这种感情特强起来，会把人拉进宗教信仰中。但与宗教无缘的人，即使反宗教的人，其感情中也常有这种分子在那里活动着，不过强弱不同耳。

　　在醉心名利的人，如多数的官僚，商人，大概这点感情最弱。他们仿佛被荣誉及黄金蒙住了眼，急急忙忙地拉到鬼国里，在途中毫无认识自身的能力与余暇了。反之，在文艺者，尤其是诗人，尤其是中国的诗人，更尤其是中国古代的诗人，大概这点感情最强，引起他们这种感情的，大概是最能暗示生灭相的自然

---

① 本篇原载《宇宙风》1936 年 1 月 16 日第 1 卷第 9 期。

状态，例如春花，秋月，以及衰荣的种种变化。他们见了这些小小的变化，便会想起自然的意图，宇宙的秘密，以及人生的根柢，因而兴起无常之恸。在他们的读者——至少在我一个读者——往往觉到这些部分最可感动，最易共鸣。因为在人生的一切叹愿——如惜别，伤逝，失恋，轲等——中，没有比无常更普遍地为人人所共感的了。

《法华经》偈云："诸法从本来，常示寂灭相。春至百花开，黄莺啼柳上。"这几句包括了一切诗人的无常之叹的动机。原来春花是最雄辩地表出无常相的东西。看花而感到绝对的喜悦的，只有醉生梦死之徒，感觉迟钝的痴人，不然，佯狂的乐天家。凡富有人性而认真的人，谁能对于这些昙花感到真心的满足？谁能不在这些泡影里照见自身的姿态呢？古诗十九首中有云："伤彼蕙兰花，含英扬光辉。过时而不采，将随秋草萎。"大概是借花叹惜人生无常之滥觞。后人续弹此调者甚多。最普通传诵的，如：

"劝君莫惜金缕衣，劝君惜取少年时。花开堪折直须折，莫待无花空折枝！"（李锜妾）

"今年花似去年好，去年人到今年老。始知人老不如花，可惜落花君莫扫！（下略）"（岑参）

"一月主人笑几回？相逢相值且衔杯！眼看春色如流水，今日残花昨日开！"（崔惠童）

"梁园日暮乱飞鸦，极目萧条三两家。庭树不知人去尽，春来还发旧时花。"（岑参）

"越王宫里似花人，越水溪头采白蘋。白蘋未尽人先尽，谁见江南春复春？"（阙名）

慨惜花的易谢，妒羡花的再生，大概是此类诗中最普通的两种情怀。像"春风欲劝座中人，一片落红当眼堕。""年年岁岁花相似，岁岁年年人不同。"便是用一两句话明快地道破这种情怀的好例。

最明显地表示春色，最力强地牵惹人心的杨柳，自来为引人感伤的名物。桓温的话是一个很好的证例："昔年移植，依依汉南。今看摇落，凄怆江潭。树犹如此，人何以堪？"在纸上读了这几句文句，已觉恻然于怀；何况亲眼看见其依依与凄怆的光景呢？唐人诗中，借杨柳或类似的树木为兴感之由，而慨叹人事无常的，不乏其例，亦不乏动人之力。像：

"江风霏霏江草齐，六朝如梦鸟空啼。无情最是台城柳，依旧烟笼十里堤。"（韦庄）

"炀帝行宫汴水滨，数株残柳不胜春。晚来风

起花如雪，飞入宫墙不见人。"（刘禹锡）"梁苑
隋堤事已空，万条犹舞旧春风。哪堪更想千年后，
谁见杨华入汉宫？"（韩琮）

"入郭登桥出郭船，红楼日日柳年年。君王
忍把平陈业，只换雷塘数亩田？"（罗隐，《炀
帝陵》）

"三十年前此院游，木兰花发院新修。如今再
到经行处，树老无花僧白头。"（王播）

"汾阳旧宅今为寺，犹有当时歌舞楼。四十年
来车马散，古槐深巷暮蝉愁。"（张籍）

"门前不改旧山河，破房曾经马伏波。今日独
经歌舞地，古槐疏冷夕阳多。"（赵嘏）

凡自然美皆能牵引有心人的感伤，不独花柳而
已。花柳以外，最富于此种牵引力的，我想是月。因
月兴感的好诗之多，不胜屈指。把记得起的几首写在
这里：

"山围故国周遭在，潮打空城寂寞回。淮水
东边旧时月，夜深还过女墙来。"（刘禹锡，《石
头城》）

"草遮回磴绝鸣銮，云树深深碧殿寒。明月自
来还自去，更无人倚玉栏杆。"（崔鲁，《华清宫》）

78

"旧苑荒台杨柳新，菱歌清唱不胜春。只今唯有西江月，曾照吴王宫里人。"（李白，《苏台》）

"暮云收尽溢清寒，银汉无声转玉盘。此生此夜不长好，明月明年何处看？"（杜牧之，《中秋》）

"独上江楼思悄然，月光如水水如天。同来玩月人何在？风景依稀似去年。"（赵嘏，《江楼书怀》）

由花柳兴感的，有以花柳自况之心，此心常转变为对花柳的怜惜与同情。由月兴感的，则完全出于妒羡之心，为了它终古如斯地高悬碧空，而用冷眼对下界的衰荣生灭作壁上观。但月的感人之力，一半也是夜的环境所助成的。夜的黑暗能把外物的诱惑遮住，使人专心于内省，耽于内省的人，往往慨念无常，心生悲感。更怎禁一个神秘幽玄的月亮的挑拨呢？故月明人静之夜，只要是敏感者，即使其生活毫无忧患而十分幸福，也会兴起惆怅。正如唐人诗所云："小院无人夜，烟斜月转明。清宵易惆怅，不必有离情。"

与万古常新的不朽的日月相比较，下界一切生灭，在敏感者的眼中都是可悲哀的状态。何况日月也不见得是不朽的东西呢？人类的理想中，不幸而有了

"永远"这个幻象，因此在人生中平添了无穷的感慨。所谓"往事不堪回首"的一种情怀，在诗人——尤其是中国古代诗人——的笔上随时随处地流露着。有人反对这种态度，说是逃避现实，是无病呻吟，是老生常谈。不错，有不少的旧诗作者，曾经逃避现实而躲入过去的憧憬中或酒天地中；有不少的皮毛诗人曾经学了几句老生常谈而无病呻吟。然而真从无常之恸中发出来的感怀的佳作，其艺术的价值永远不朽——除非人生是永远朽的。会朽的人，对于眼前的衰荣兴废岂能漠然无所感动？"笙歌归院落，灯火下楼台。"这一点小暂的衰歇之象，已足使履霜坚冰的敏感者兴起无穷之慨；已足使顿悟的智慧者痛悟无常呢！这里我又想起的有四首好诗：

"寥落故行宫，宫花寂寞红。白头宫女在，闲坐说玄宗。"

"朱雀桥边野草花，乌衣巷口夕阳斜。旧时王谢堂前燕，飞入寻常百姓家。"

"越王勾践破吴归，战士还家尽锦衣。宫女如花满春殿，只今唯有鹧鸪飞。"

"伤心欲问南朝事，唯见江流去不回。日暮东风春草绿，鹧鸪飞上越王台。"

这些都是极通常的诗，我幼时曾经无心地在私塾学童的无心的口上听熟过。现在它们却用了一种新的力而再现于我的心头。人们常说平凡中寓有至理。我现在觉得常见的诗中含有好诗。

其实"人生无常"，本身是一个平凡的至理。"回黄转绿世间多，后来新妇变为婆。"这些回转与变化，因为太多了，故看作当然时便当然而不足怪。但看作惊奇时，又无一不可惊奇。关于"人生无常"的话，我们在古人的书中常常读到，在今人的口上又常常听到。倘然你无心地读，无心地听，这些话都是陈腐不堪的老生常谈。但倘然你有心地读，有心地听，它们就没有一字不深深地刺入你的心中。古诗中有着许多痛快地咏叹"人生无常"的话，古诗十九首中就有了不少：

"人生寄一世，奄忽若飙尘。何不策高足，先据要路津？"

"浩浩阴阳移，年命如朝露。人生忽如寄，寿无金石固。万岁更相迭，圣贤莫能度。"

"青青陵上柏，磊磊涧中石。人生天地间，忽如远行客。"

"人生非金石，焉能长寿考？奄忽随物化，荣名以为宝。"

此外我能想起也很多：

"对酒当歌，人生几何？譬如朝露，去日苦多。"（魏武帝）

"惊风飘白日，光景驰西流。盛时不可再，百年忽我遒。生存华屋处，零落归山丘。"（曹植）

"置酒高堂，悲歌临觞。人寿几何？逝如朝霜。时无重至，华不再阳。"（陆机）

"欢乐极兮哀情多，少壮几时兮奈老何！"（汉武帝）

"采采荣木，结根于兹。晨耀其花，夕已丧之。人生若寄，憔悴有时。静心孔念，中心怅而。"（陶潜）

"朝为媚少年，夕暮成丑老。自非王子晋，谁能常美好？"（阮籍）

"君不见黄河之水天上来，奔流到海不复回？君不见高堂明镜悲白发，朝如青丝暮成雪？"（李白）

"白日何短短，百年苦易满。苍穹浩茫茫，万劫太极长。麻姑垂两鬓，一半已成霜。天公见玉

女，大笑亿千场。吾欲揽六龙，回车挂扶桑。北斗酌美酒，劝龙各一觞。富贵非所愿，为人驻颓光。"（李白）

美人为黄土，况乃粉黛假。当时侍金舆，故物独石马。忧来藉草坐，浩歌泪盈把。冉冉问征途，谁是长年者？"（杜甫）

"青山临黄河，下有长安道。世上名利人，相逢不知老。"（孟郊）

这些话，何等雄辩地向人说明"人生无常"之理！但在世间，"相逢不知老"的人毕竟太多，因此这些话都成了空言。现世宗教的衰颓，其原因大概在此。现世缺乏慷慨的，忍苦的，慈悲的，舍身的行为，其原因恐怕也在于此。

廿四（1935）年十二月廿六日，曾载《宇宙风》。

清　晨①

吃过早粥，走出堂前，在阶沿石上立了一会。阳光从东墙头上斜斜地射进来，照明了西墙头的一角。这一角傍着一大丛暗绿的芭蕉，显得异常光明。它的反光照耀全庭，使花坛里的千年红、鸡冠花和最后的蔷薇，都带了柔和的黄光。光滑的水门汀受了这反光，好像一片混浊的泥水。我立在阶沿石上，就仿佛立在河岸上了。

一条瘦而憔悴的黄狗，用头抵开了门，走进庭中来。它走到我的面前，立定了，俯下去嗅嗅我的脚，又仰起头来看我的脸。这眼色分明带着一种请求之情。我回身向内，想从余剩的早食中分一碗白米粥给它吃。忽然想起邻近有吃粞粥及糠饭的人，又踌躇地转身向了外。那狗似乎知道我的心事的，越发在我面前低昂盘旋，且嗅且看，又发出一种"呜呜"的声音。这声音仿佛在说："狗也是天之生物！狗也要活！"我正踌躇，李妈出来收早粥，看见了狗便说："这狗要饿杀

---

① 本篇原载《新少年》1936 年 4 月 10 日第 1 卷第 7 期。

快①了！宝官②，来厨房里拿些镬焦给它吃吃吧。"我的问题就被代为解决。不久宝官拿了一小箩镬焦出来，先放一撮在水门汀上。那狗拼命地吃，好像防人来抢似的。她一撮一撮喂它，好像防它停食似的。

我在庭中散步了好久，回到堂前，看见狗正在吃最后的一撮。我站在阶沿石上看它吃。我觉得眼梢头有一件小的东西正在移动。俯身一看，离开狗头一二尺处，有一群蚂蚁，正在扛抬狗所遗落的镬焦。许多蚂蚁围绕在一块镬焦的四周，扛了它向西行，好像一朵会走的黑瓣白心的菊花。它们的后面，有几个空手的蚂蚁跑着，好像是护卫；它们的前面有无数空手的蚂蚁引导着，好像是先锋。这列队约有二丈多长，从狗头旁边直达阶沿石缝的洞口——它们的家里。我蹲在阶沿上，目送这朵会走的菊花。一面呼唤正在浇花的宝官，叫她来共赏。她放下了浇花壶，走来蹲在水门汀上，比我更热心地观赏起来，我叫她留心管着那只狗，防恐它再吃得不够，走过来舔食了这朵菊花。她等狗吃完，把它驱逐出门，就安心地来看蚂蚁的清晨的工作了。

这块镬焦很大，作椭圆形，看来是由三四粒饭合

---

① 饿杀快，江南一带方言，意即快饿死。

② 作者家乡一带对小主人称 × 官。

成的。它们扛了一会，停下来，好像休息一下，然后扛了再走。扛手也时有变换。我看见一个蚂蚁从众扛手中脱身而出，径向前去。我怪他卸责，目送它走。看见另一个蚂蚁从对方走来。它们二人在交臂时急急地亲了一个吻，然后各自前去。后者跑到菊花旁边，就挤进去，参加扛抬的工作，好像是前者请来的替工。我又看见一个蚂蚁贴身在一个扛手的背后，好像在咬它。过了一会，那被咬者退了出来，自向前跑；那咬者便挤进去代它扛抬了。我看了这些小动物的生活，不禁摇头太息，心中起了浓烈的感兴。我忘却了一切，埋头于蚂蚁的观察中。我自己仿佛已经化了一个蚂蚁，也在参加这扛抬粮食的工作了。我一望它们的前途，着实地担心起来。为的是离开它们一二尺的前方，有两根晒衣竹竿横卧在水门汀上，阻住它们的去路。先锋的蚂蚁空着手爬过，已觉周折，这笨重的粮食如何扛过这两重畸形的山呢？忽然觉悟了我自己是人，何不用人力去助它们一下呢？我就叫宝官把竹竿拿开。并且嘱咐她轻轻地，不要惊动了蚂蚁。她拿开了第二根时，菊花已经移行到第一根旁边而且已在努力上山了。我便叫她住手，且来观看。这真是畸形的山，山脚凹进，山腰凸出。扛抬粮食上山，非常吃力！后面的扛手站住不动，前面的扛手把后脚爬上山腰，然后死命地把粮食抬起来，使它架空。于是山腰的人死命地拖，地上的人死命地送。结果连物带人拖上山去。我和宝官一直叫着"杭育，杭育"帮它们着力；到这时候不期地同喊一声"好啊！"各抽一口大气。

下山的时候，又是一番挣扎；但比上山容易得多。前面的扛手先把身体挂了下来，后面的扛手自然被粮食的重量拖下，跌到地上。另有两人扛了一粒小饭粒从后面跟来。刚爬上山，又跌了下去。来了一个帮手，三人抬过山头。前面的菊花形的大群已去得很远了。

菊花形的大群走了一大程平地，前面又遇到了障碍。这是一个不可超越的峭壁，而且壁的四周都是水，深可没顶。宝官抱歉地自责起来："唉！我怎么把这把浇花壶放在它们的运粮大道上！不幸而这又是漏的！"继而认真地担忧了："它们迷了路怎么办呢？"继而狂喜地提议："赶快把壶拿开，给它们架一片桥吧。"她正在寻找桥梁的材木，那三个扛抬的一组早已追过大群，先到水边，绕着水走去了。不久大群也到水边，跟了它们绕行，我唤回了宝官，依旧用眼睛帮它们扛抬。我们计算绕水所多走的路程，约有三尺光景！而且海岸线曲折多端，转弯抹角，非常吃力，这点辛劳明明是宝官无心地赠给它们的！我们所惊奇者：蚂蚁似乎个个带着指南针。任凭转几个弯，任凭横走，逆行，他们决不失向。迤逦盘旋了好久，终于绕到了水的对岸。现在离它们的家只有四五尺，而且都是平地了。我的心便从蚂蚁的世界中醒回来。我站起身来，挺一挺腰。我想等它们扛进洞时，再蹲下去看。暂时站在阶沿石上同宝官谈些话。

"这也是一种生物，它们也要活。人类的生活实在不及……"我正想说下去，外面走进我们店里的染匠司务来。他提着早餐的饭篮，要送进灶间去。当他通过我们的前面时，他正在和宝官说什么话。我和宝官听他说话，暂时忘记了蚂蚁的事。等到我注意到的时候。他的左脚正落在这大群蚂蚁的上面，好像飞来峰一般。我急忙捉住他的臂，提他的身体，连喊"踏不得！踏不得！"他吓得不知所以，像化石一般，顶着脚尖，一动也不动。我用力搬开他的腿。看见他的脚踵底下，一朵白心黑瓣的菊花无恙地在那里移行。宝官用手拍拍自己的心，说道"还好还好，险险乎！"染匠司务俯下去看了一看，起来也用手拍拍自己的心，说道"还好还好，险险乎！"他放下了饭篮，和我们一同观赏了一会，赞叹了一会。当他提了饭篮走进屋里去的时候，又说一声"还好还好，险险乎！"

我对宝官说："这染匠司务不是戒杀者，他欢喜吃肉，而且会杀鸡。但我看他对于这大群蚂蚁的'险险乎'，真心地着急；对于它们的'还好还好'，真心地庆幸。这是人性中最可贵的'同情'的发现。人要杀蚂蚁，既不犯法，又不费力，更无人来替它们报仇。然而看了它们的求生的天性，奋斗团结的精神，和努力，挣扎的苦心，谁能不起同情之心，而对于眼前的小动物加以爱护呢？我们并不要禁杀蚂蚁，我们并不想繁殖蚂蚁的种族。但是，倘有看了上述的状态，而能无端地故意地歼灭它们的人，其人定是丧心病狂之流，失却了人性的东西。我们所惜的并非蚂蚁的生命，而是人类的同情心。"宝官也举出一个实例来。说她记得幼时有一天，也看见过今日般的状态。大家正在观赏的时候，有某恶童持热水壶来，冲将下去。大家被他吓走，没有人敢回顾。我听了毛发悚然。推想这是水灾而兼炮烙，又好比油锅地狱！推想这孩子倘做了支配者，其杀人亦复如是！古来桀纣之类的暴徒，大约是由这种恶童变成的吧！

扛抬粮食的蚂蚁经过了长途的跋涉，出了染匠司务脚底的险，现在居然达到了家门口。我们又蹲下去看。然而如何搬进家里，我又替它们担起心来。因为它们的门洞开在两块阶沿石缝的上端，离平地约有半尺之高。从水门汀上扛抬到门口，全是断崖峭壁！以前的先锋，现在大部分集中在门口，等候粮食从峭壁上搬运上来。其一部分参加搬运之役。挤不进去的，附在别人后面，好像是在拉别人的身体，间接拉上粮食来。大块而沉重的粮食时时摇动，似欲翻落。我们为它们捏两把汗。将近门口，忽然一个失手，竟带了许多扛抬者，砰然下坠。我们同情之余，几欲伸手代为拾起，甚至欲到灶间里去抓一把饭粒来塞进洞门里。但是我们没有实行。因为教它们依赖，出于姑息；当它们豢物，近于侮辱。蚂蚁知道了，定要拒绝我们。你看，它们重整旗鼓，再告奋勇。不久，居然把这件重大的粮食扛上峭壁，搬进洞门里了。

朝阳已经照到芭蕉树上。时钟打九下。正是我们开始工作的时光了。宝官自去读书，我也带了这些感兴，走进我的书室去。

廿四年十月六日在石门湾，曾载《新少年》。

劳者自歌（三则）

粥饭与药石[①]

原来是个健全的身体：五官灵敏，四肢坚强，百体调和。每日所进的是营养丰富，滋味鲜美的粥饭。

一种可恶的病菌侵入了这个身体，使他生起大病来。头晕目眩，手足痉挛，血脉不和。为欲使他祛病复健，就给他吃杀菌的剧药，以毒攻毒，为他施行针灸，刀圭，以暴除暴。

但这是暂时的。等到大病已除，身体复健的时候，他必须屏除剧药，针灸和刀圭，而仍吃粥饭等补品，使身体回复健全。

我们中华民族因暴寇的侵略而遭困难，就好比一个健全的身体受病菌的侵害而患大病。一切救亡工作就好比是剧药，针灸，和刀圭，文艺当然也如此。我们要以笔代舌，而呐喊"抗敌救国"！我们要以笔当刀，而在文艺阵地上冲锋杀敌。

---

① 此则原载《立报》1938 年 4 月 16 日。

但这也是暂时的。等到暴敌已灭，魔鬼已除的时候，我们也必须停止了杀伐而回复于礼乐，为世界人类树立永固的和平与幸福。

病时须得用药石；但复健后不能仍用药石而不吃粥饭。即在病中，除药石外最好也能进些粥饭。人体如此，文艺界也如此。

廿七（1938）年四月十日，汉口。

散沙与沙袋①

沙是最不可收拾的东西。记得十年前，我在故乡石门湾的老屋后面辟一儿童游戏场，买了一船河沙铺在场上。一年之后，场上的沙完全没有了。它们到哪里去了呢？一半粘附了行人的鞋子而带出外面去，还有一半陷入泥土里，和泥土相混杂，只见泥而不见沙了。这一船沙共有十多石，讲到沙的粒数，虽不及"恒河沙数"，比我们中华民国的人口数目，一定更多。这无数的沙粒到哪里去了呢？东西南北，各自分散，没有法子召集了。因为它们的团结力非常薄弱，一阵风可使它们立刻解散。它们的分子非常细小，一经解散，就不可收拾。

---

① 此则原载《立报》1938年4月21日。

但倘用袋装沙，沙就能显示出伟大的能力来。君不见抗战以来，处处地方堆着沙袋，以防敌人的炮火炸弹的肆虐吗？敌人的枪子和炮弹一碰着沙袋，就失却火力，敌人的炸弹片遇着沙袋，也就不能伤人，沙的抵抗力比铁还大，比石更强。这真是意想不到的功用。

原来沙这种东西，没有约束时不可收拾，一经约束，就有伟大的能力。中国四万万人，曾经被称为"一盘散沙"。"抗战"好比一只沙袋，现在已经把他们约束了。

廿七（1938）年四月十日，汉口。

喜　剧①

同学孔君从浙江走浙赣路来汉口。一下车，就被警察错认为日本间谍，拉去拘禁在公安局。因为孔君脸色焦黄，眉浓目小，两颊多须，剃成青色，而且西发光泽，洋服楚楚，外形真像日本人。警察的错认是难怪的。

他向警察声辩，说是自家人，不是敌人。警察问："你是中国哪地方人？"孔君答："我是浙江萧山人，

① 此则原载《立报》1938 年 4 月 23 日。

刚才从萧山来。"警察问："你是萧山人，应该会讲萧山话。你讲几句看！"孔君就讲了一套道地的萧山话。警察冷笑着说："你们日本人真有小聪明，萧山话学得很像！"这使孔君无法置辩，只得任其拘禁。一面设法打电话通知汉口的朋友，托他们来保。结果被拘禁五六小时，方始恢复自由。演了一出喜剧。

晚上我同孔君共饮，就用这件逸事下酒。我安慰孔君说："你虽失却了五六小时的自由，但总是可喜的。我们侦察日本间谍，惟恐其不严。过严是可以体谅的。你们孔家人往往吃这种眼前亏：昔夫子貌似阳货，几乎送了性命。今足下貌似敌人，失却五六小时的自由，是便宜的。"

（1938年）四月十一日，汉口。

一饭之恩①

——避寇日记之一

去年冬天我与曹聚仁兄在兰溪相会，他请我全家吃饭。席上他忽然问我："你的孩子中有几人欢喜艺术？"我遗憾地回答说："一个也没有！"聚仁兄断然地叫道："很好！"

我当时想不通不欢喜艺术"很好"的道理。今天，三月二十三日，我由长沙到汉口。就有人告诉我："曹聚仁说你的《护生画集》可以烧毁了！"我吃惊之下，恍然记起了去冬兰溪相会时的谈话，又忽然想通了他所谓不欢喜艺术"很好"的道理，起了下面的感想：

"《护生画集》可以烧毁了！"这就是说现在"不要护生"的意思。换言之，就是说现在提倡"救国杀生"的意思。这思想，我期期以为不然。从皮毛上看，我们现在的确在鼓励"杀敌"。这么惨无人道的狗彘豺狼一般的侵略者，非"杀"不可。我们开出许多军队，

---

① 本篇原载《少年先锋》1938 年 5 月 5 日第 6 期。

带了许多军火，到前线去，为的是要"杀敌"。

但是，这件事不可但看皮毛，须得再深思一下：我们为什么要"杀敌"？因为敌不讲公道，侵略我国；违背人道，荼毒生灵，所以要"杀"。故我们是为公理而抗战，为正义而抗战，为人道而抗战，为和平而抗战。我们是"以杀止杀"，不是鼓励杀生。我们是为护生而抗战。

《护生画集》中所写的，都是爱护生灵的画。浅见的人看了这些画，常作种种可笑的非难：有一种人说，"今恩足于及禽兽，而功不至于百姓者，独何欤？"又有一种人说："用显微镜看，一滴水里有无数小虫。护生不能彻底。"又有一种人说："供养苍蝇，让它传染虎列拉①吗？"他们都是但看皮毛，未加深思；因而拘泥小节，不知大体的。《护生画集》的序文中分明说是："护生"就是"护心"。爱护生灵，劝戒残杀，可以涵养人心的"仁爱"，可以诱致世界的"和平"。故我们所爱护的，其实不是禽兽鱼虫的本身（小节），而是自己的心（大体）。换言之，救护禽兽鱼虫是手段，倡导仁爱和平是目的。再换言之，护生是"事"，护心是"理"。以前在报纸看见一段幽默故事，颇可以

———————————

① 虎列拉，cholera（霍乱）一词的旧时译名。

拿来说明护生的意旨：有一位乡下老婆进城，看见学校旁边的操场上，有两大群学生正在夺一根绳，汗流满面，声嘶力竭，起而复仆者再，而绳终未夺得。老婆见此，大发慈悲，上前摇手劝阻道："请你们息争！这种绳子舍间甚多，回头拿两根奉送你们！"盖此老婆只见夺绳的"事"，不解拔河之戏之"理"，故尔闹此笑话，护生者倘若执着于禽兽鱼虫，拘泥于放生吃素，而忘却了"护心"、"救世"的本旨，其所见即与此乡下老婆相等，也是闹笑话。故佛家戒杀，不为己杀的三净肉可食。儒家重仁，不闻其声亦忍食其肉，故君子远庖厨。吃三净肉和君子远庖厨，都是"掩耳盗铃"。掩耳盗铃就是"仁术"。无端有意踏杀一群蚂蚁，不可！不是爱惜几个蚂蚁，是恐怕残忍成性，将来会用飞机载了重磅炸弹而无端有意去轰炸无辜的平民！岂真爱惜几个蚂蚁哉，所以护生的掩耳盗铃，是无伤的。我希望读《护生画集》的人，须得体会上述的意旨，勿可但看皮毛，拘泥小节。这画集出版已经十年，销行已达二十万册。最近又有人把画题翻译为英文，附加英文说明，在欧美各国推销着。在现今这穷兵黩武，惨无人道的世间，《护生画集》不但不可烧毁，我正希望它多多添印，为世界人类保留一线生机呢！

现在我们中国正在受暴敌的侵略，好比一个人正在受病菌的侵扰而害着大病。大病中要服剧烈的药，才可制胜病菌，挽回生命。抗战就是一种剧烈的药。然这种药只能暂用，不可常服。等到病菌已杀，病体渐渐复元的时候，必须改吃补品和粥饭，方可完全恢复健康。补品和粥饭是什么呢？就是以和平，幸福，博爱，护生为旨的"艺术"。

我的儿女对于"和平幸福之母"的艺术，不甚爱好，少有理解。我正引为憾事，叹为妖孽。聚仁兄反说"很好"，不知其意何居？难道他以为此次抗战，是以力服人，以暴易暴；想步莫索里尼（墨索里尼），希特勒，日本军阀之后尘，而为扰乱世界和平的魔鬼之一吗？我相信他决不如此。因为我们抗战的主旨处处说着：为和平而奋斗！为人道而抗战！我们的优待俘虏，就是这主旨的实证。

从前我们研究绘画时，曾把画人分为两种：具有艺术思想，能表现人生观的，称为"画家"，是可敬佩的。没有思想，只有技巧的，称为"画匠"，是鄙贱的。我以为军人也可分为两种：为和平而奋斗，为人道而抗战，以战非战，以杀止杀的，称为"战士"，是我敬佩的。抚剑疾视，好勇斗狠，以力服人，以暴易暴的，称为"战匠"，是应该服上刑的。现今世间侵略国的军人，大都是战匠，或被强迫为战匠。世界和平，人类幸福，都被这班人所破坏，真是该死！所以我们此次为和平而奋斗，为人道而战争，我以为是现世最神圣的事业。这抗战可为世界人类造福。这一怒可安天下之民。

杜诗云："天下尚未宁，健儿胜腐儒。"在目前，健儿的确胜于腐儒。有枪的能上前线去杀敌。穿军装的逃起难来比穿长衫的便宜。但"威天下，不以兵甲之利"。最后的胜利，不是健儿所能独得的！"仁者无敌"，兄请勿疑！

我曾在流难中，受聚仁兄一饭之恩。无以为报，于心终不忘。写这篇日记，聊作答谢云尔。

（1938年）

杀身成仁①

贪生恶死，是一切动物的本能，人是动物之一，当然也有这种本能，但人贪生恶死，与其他动物的贪生恶死有点不同：其他动物的贪生恶死是无条件的。人的贪生恶死则为有条件的。古人云："人之所以异于禽兽者几希。"这几希可说就在于此。

何谓无条件的？只要吃得着东西就吃，只要逃得脱性命就逃，而不顾其他一切道理，叫做无条件的。人以外的动物都如此，狗争食肉骨头，猫争食鱼骨头，母鸡被掳，小鸡管自逃走，母猪被杀，小猪管自吃食，不是人所常见的吗？

何谓有条件？照道理可以吃，方才肯吃。照道理活不得，情愿死去。这叫做有条件的。条件就是道理。故人可说是讲道理的动物。除了白痴及法西斯暴徒以外，世间一切人都是讲道理的动物。

许多动物中，何以只有人讲道理呢？是为了人具有别的动物所没有的一件宝贝，这宝贝名叫"同情"。

① 本篇原载上海《大美报》1939 年 12 月 1 日。作者在本文的一份抄稿上，曾将题目写成"伟大的同情"。

同情就是用自己的心来推谅别人的心。人间一切道德，一切文明，皆从这点出发。

孔子曰："己所不欲，勿施于人。"又曰："己欲立而立人，己欲达而达人。"这就是说：自己所不愿有的事，不要使别人有。自己要立身，希望别人都立身。自己要发达，希望别人都发达。故韩诗外传曰："己恶饥寒焉，则知天下之欲衣食也。己恶劳苦焉，则知天下之欲安逸也。己恶衰乏焉，则知天下之欲富足也。"这便是孔子所谓"忠恕"。忠恕就是同情的扩充。我国古代的圣人，普遍爱护一切同类。故孟子说："禹思天下有溺者，犹己溺之也。稷思天下有饥者，犹己饥之也。"伊尹也是如此，孟子说他"思天下之民，匹夫匹妇，有不被尧舜之泽者，若己推而纳之沟中"。他们为什么能如此？就为了富有同情。同情极度扩张，能把全人类看作一个身体。左手受伤，右手岂能独乐？一颗牙齿痛，全身为之不安。这样，"一己"和"大群"就不可分离。我就有"小我"和"大我"。小我就是一身，大我就是全群。

孔子曰："志士仁人，无求生以害仁，有杀身以成仁。"求生害仁，就是贪小我而不顾大我。杀身成仁，就是除小我以保全大我。子贡问政，子曰："足食，足兵，民信之矣。"子贡曰："必不得已而去，于斯三者何先？"孔子曰："去兵。"子贡曰："必不得已而去，于斯二者何先？"孔子曰："去食。自古皆有死，民无信不立。"信就是做人的道理。倘去信而保全食，就同不讲道理的禽兽一样。人是讲道理的动物，故最后必然去食而保住信。去食虽杀身，但人道可以保全。即虽失小我，而大我无恙。人总有一死。失了身体还是小事，倘失了人道，则万人万世沦为禽兽，损失甚大。志士仁人，因富有同情，故能为全体着想，故能杀身成仁。

舍小我以全大我，轻身体而重精神，不独志士仁人如此，一般人都有如此的倾向。孟子说得很详细："鱼，我所欲也。熊掌，亦我所欲也。二者不可得兼，舍鱼而取熊掌者也。生我所欲也，义亦我所欲也。二者不可得兼，舍生而取义者也。生亦我所欲，所欲有甚于生者，故不为苟得也。死亦我所恶，所恶有甚于死者，故患有所不避也。"他又加以反证："如使人之所欲莫甚于生，则凡可以得生者，何不用也？使人之所恶莫甚于死，则凡可以避患者，何不为也？"然后加以结论："由是则生，而有不用也。由是可以避患，而有不为也。是故所欲有甚于生者，所恶有甚于死者，非独贤者有是心也，人皆有之。贤者能勿丧耳。"他又举一个实例："一箪食，一豆羹，得之则生，弗得则死。嘑尔而与之，行道之人勿受。蹴尔而与之，乞人不屑也。"这就是前面所谓照道理可以吃，方才肯吃。照道理活不得，情愿死去。除了疯狂者及法西斯暴徒以外，凡人皆有此心，即凡人皆有杀身成仁之心，不过强弱厚薄有等差耳。

（1939年）

生道杀民[①]

　　某日上午，某处被空袭。车站附近被投炸弹一百多枚。当天下午，一位军界的朋友告诉我："都是汉奸不好，我们有大批飞机从外国运来，今天上午经过该地。汉奸把这消息报告敌人，他们就拼命地来投炸弹。"当时有许多人在旁静听。听到这里，大家异口同声地焦灼地问：

　　"飞机被炸着没有？飞机被炸着没有？"

　　那朋友骄傲地回答道："没有！早已运到别处去了！"听的人又异口同声地说道："还好，还好。"大家脸上表出满足幸运的神气。接着就扬眉高谈汉奸的可恶和敌人的可笑。一时竟没有人问起炸死多少人。直到后来，才有人提出这问题，据说是炸死两个人，和一头牛。

　　我想起了《论语》中一段话："厩焚。子退朝，曰：'伤人乎？'不问马。"孔子退朝下来，听得人说马厩火烧了。但他问有没有烧伤人，却不问有没有烧伤马。

---

① 　本篇原载上海《大美报》1940年1月2日。

他并非不爱马，但因为人比马更贵，故只须问有没有伤人，若不伤人，则大事已定，马的伤不伤无关重要，所以他不问了。

天地间人最贵。故孟子曰："民为贵，社稷次之。"但上述这班人已经把这定理变通，变做"飞机为贵，人次之"了。我觉得这变通颇可原谅。他们并非不爱人，并非"非人道"。只因禽兽逼人，人不得不用武力杀其锋。不得不以战弭战，以杀止杀。要为人类除暴，不得不借飞机的威力。要安天下之人，不得不一怒。孟子曰："以生道杀民，虽死不怨。"我们为了要消灭扰乱人类和平的暴徒，所以运大批飞机。为了运飞机，所以被轰炸。为了被轰炸，所以死两个同胞。这两个同胞死而有知，一定不怨政府。因为如程子所解释："以生道杀民，谓本欲生之也。除害去恶之类是也。盖不得已而为其所当为，则虽拂民之欲，而民不怨。"可知这一天被炸死的两个同胞，倘死而有知，其英魂只恨敌人，决不怪怨人们先问"有没有炸着飞机"，而后问"有没有炸死人"。所以目下的人暂把"民为贵"的定理变通为"飞机为贵"，我觉得是可以原谅的。

孟子又说："以佚道使民，虽劳不怨。"程子解释道："以佚道使民，谓本欲佚之也，播谷乘屋之类是也。"为播谷乘屋，况且虽劳不怨，何况为求全民族的生存？所以抗战以来，前方将士出生入死，后方民众颠沛流离，而再接再厉，百折不挠，毫无一句怨言者，便是为了"以生道杀民""以佚道使民"之故。反之，日本民众间的情形就和我们相反：他们的军阀强迫他们参加这野蛮的侵略战，拿他们的性命来满足自己的野心。换言之，他们的政府不是"以佚道使民"，而是"以劳道使民"；不是"以生道杀民"，而是"以死道杀民"。所以日本民众反战，所以日本军人厌战，所以日本的侵略战一定要失败。

佛无灵[1]

我家的房子——缘缘堂——于去冬吾乡失守时被敌寇的烧夷弹焚毁了。我率全眷避地萍乡，一两个月后才知道这消息。当时避居上海的同乡某君[2]作诗以吊，内有句云："见语缘缘堂亦毁，众生浩劫佛无灵。"第二句下面注明这是我的老姑母的话。我的老姑母今年七十余岁，我出亡时苦劝她同行，未蒙允许，至今尚在失地中。五年前缘缘堂创造的时候，她老人家镇日拿了史的克[3]在基地上代为擘划，在工场中代为巡视，三寸长的小脚常常遍染了泥污而回到老房子里来吃饭。如今看它被焚，怪不得要伤心，而叹"佛无灵"。最近她有信来（托人带到上海友人处，转寄到桂林来的），末了说：缘缘堂虽已全毁，但烟囱尚完好，矗立于瓦砾场中。此是火食不断之象，将来还可做人家。

缘缘堂烧了是"佛无灵"之故。这句话出于老姑

---

① 本篇原载《抗战文艺》1938 年 8 月 13 日第 2 卷第 4 期。

② 某君，疑即徐益藩（一帆），作者姑丈前妻之孙。

③ 史的克，英文 stick 的音译，意即手杖。

母之口，入于某君之诗，原也平常。但我却有些反感。不是指摘某君思想不对，也不是批评老姑母话语说错，实在是慨叹一般人对于"佛"的误解，因为某君和老姑母并不信佛，他们是一般按照所谓信佛的人的心理而说这话的。

我十年前曾从弘一法师学佛，并且吃素。于是一般所谓"信佛"的人就称我为居士，引我为同志。因此我得交接不少所谓"信佛"的人。但是，十年以来，这些人我早已看厌了。有时我真懊悔自己吃素，我不屑与他们为伍。（我受先父遗传，平生不吃肉类。故我的吃素半是生理关系。我的儿女中有二人也是生理的吃素，吃下荤腥去要呕吐。但那些人以为我们同他们一样，为求利而吃素。同他们辩，他们还以为客气，真是冤枉。所以我有时懊悔自己吃素，被他们引为同志。）因为这班人多数自私自利，丑态可掬。非但完全不解佛的广大慈悲的精神，其我利自私之欲且比所谓不信佛的人深得多！他们的念佛吃素，全为求私人的幸福。好比商人拿本钱去求利。又好比敌国的俘虏背弃了他们的伙伴，向我军官跪喊"老爷饶命"，以求我军的优待一样。

信佛为求人生幸福，我绝不反对。但是，只求自己一人一家的幸福而不顾他人，我瞧他不起。得了些小便宜就津津乐道，引为佛佑（抗战期中靠念佛而得平安逃难者，时有所闻。）；受了些小损失就怨天尤人，叹"佛无灵"，真是"阿弥陀佛，罪过罪过"！他们平日都吃素、放生、念佛、诵经。但他们的吃一天素，希望比吃十天鱼肉更大的报酬。他们放一条蛇，希望活一百岁。他们念佛诵经，希望个个字变成金钱。这些人从佛堂里散出来，说的统是果报；某人长年吃素，邻家都烧光了，他家毫无损失。某人念《金刚经》，强盗洗劫时独不抢他的。某人无子，信佛后一索得男。某人痔疮发，念了"大慈大悲观世音菩萨"，痔疮立刻断根。……此外没有一句真正关于佛法的话。这完全是同佛做买卖，靠佛图利，吃佛饭。这真是所谓"群居终日，言不及义，好行小惠，难矣哉！"

我也曾吃素。但我认为吃素吃荤真是小事，无关大体。我曾作《护生画集》，劝人戒杀。但我的护生之旨是护心（其义见该书马序），不杀蚂蚁非为爱惜蚂蚁之命，乃为爱护自己的心，使勿养成残忍。顽童无端一脚踏死群蚁，此心放大起来，就可以坐了飞机拿炸弹来轰炸市区。故残忍心不可不戒。因为所惜非动物本身，故用"仁术"来掩耳盗铃，是无伤的。我所谓吃荤吃素无关大体，意思就在于此。浅见的人，执着小体，斤斤计较：洋蜡烛用兽脂做，故不宜点；猫要吃老鼠，故不宜养；没有雄鸡交合而生的蛋可以吃得。……这样地钻进牛角尖里去，真是可笑。若不顾小失大，能以爱物之心爱人，原也无妨，让他们钻进牛角尖里去碰钉子吧。但这些人往往自私自利，有我无人；又往往以此做买卖，以此图利，靠此吃饭，亵渎佛法，非常可恶。这些人简直是一种疯子，一种惹人讨嫌的人。所以我瞧他们不起，我懊悔自己吃素，我不屑与他们为伍。

真是信佛，应该理解佛陀四大皆空之义，而屏除私利；应该体会佛陀的物我一体，广大慈悲之心，而护爱群生。至少，也应知道亲亲而仁民，仁民而爱物之道。爱物并非爱惜物的本身，乃是爱人的一种基本练习。不然，就是"今恩足以及禽兽而功不至于百姓"的齐宣王。上述这些人，对物则惓惓爱惜，对人间痛痒无关，已经是循流忘源，见小失大，本末颠倒的了。再加之于自己唯利是图，这真是世间一等愚痴的人，不应该称为佛徒，应该称之为"反佛徒"。

因为这种人世间很多，所以我的老姑母看见我的房子被烧了，要说"佛无灵"的话，所以某君要把这话收入诗中。这种人大概是想我曾经吃素，曾经作《护生画集》，这是一笔大本钱！拿这笔大本钱同佛做买卖所获的利，至少应该是别人的房子都烧了而我的房子毫无损失。便宜一点，应该是我不必逃避，而敌人的炸弹会避开我；或竟是我做汉奸发财，再添造几间新房子和妻子享用，正规军都不得罪我。今我没有得到这些利益，只落得家破人亡（流亡也），全家十口飘零在五千里外，在他们看来，这笔生意大蚀其本！这个佛太不讲公平交易，安得不骂"无灵"？

我也来同佛做买卖吧。但我的生意经和他们不同：我以为我这次买卖并不蚀本，且大得其利，佛毕竟是有灵的。人生求利益，谋幸福，无非为了要活，为了"生"。但我们还要求比"生"更贵重的一种东西，就是古人所谓"所欲有甚于生者"。这东西是什么？平日难于说定，现在很容易说出，就是"不做亡国奴"，就是"抗敌救国"。与其不得这东西而生，宁愿得这东西而死。因为这东西比"生"更为贵重。现在佛已把这宗最贵重的货物交付我了。我这买卖岂非大得其利？房子不过是"生"的一种附饰而已。我得了比"生"更贵的货物，失了"生"的一件小小的附饰，有什么可惜呢？我便宜了！佛毕竟是有灵的。

叶圣陶先生的《抗战周年随笔》中说："……我在苏州的家屋至今没有毁。我并不因为它没有毁而感到欢喜。我希望它被我们游击队的枪弹打得七穿八洞，我希望它被我们正规军队的大炮轰得尸骨无存，我甚而至于希望它被逃命无从的寇军烧个干干净净。"他的房子，听说建成才两年，而且比我的好。他如此不惜，一定也获得那样比房子更贵重的东西在那里。但他并不吃素，并不作《护生画集》。即他没有下过那种本钱。佛对于没有本钱的人，也把贵重货物交付他。这样看来，对佛买卖这种本钱是没有用的。毕竟，对佛是不可做买卖的。

廿七（1938）年七月二十四日于桂林。

为青年说弘一法师①

弘一法师于去年十月十三日在泉州逝世，至今已有五个多月。傅彬然先生曾有关于他的一篇文章登在本刊上，而我却沉默了五个多月，至今才写这篇文字。许多人来信怪我，以为我对于弘一法师关系较深，何以他死了我没有一点表示。有的人还来信向我要关于弘一法师的死的文字，以为我一定在发起追悼大会，或者编印纪念刊物，为法师装"哀荣"的。其实全无此事。我接到泉州开元寺性常师打来的报告法师"生西"（就是往生西方，就是死）的电报时，正是去年十月十八日早晨，我正在贵州遵义的寓楼中整理行装，要把全家迁到重庆去。当时坐在窗下沉默了几十分钟，发了一个愿：为法师造像（就是画像）一百尊，分寄各省信仰他的人，勒石立碑，以垂永久。预定到重庆后动笔。发愿毕，依旧吃早粥，整行装，觅车子。

弘一法师是我的老师，而且是我生平最崇拜的人。如此说来，我岂不太冷淡了吗？但我自以为并不。

① 本篇原载《中学生》战时半月刊1943年第63期。编入1957年版《缘缘堂随笔》时改名《怀李叔同先生》。

我敬爱弘一法师，我希望他在这世间久住。但我确定弘一法师必有死的一日。因为他是"人"。不过死的时日迟早不得而知。我时时刻刻防他死，同时时刻刻防我自己死一样。他的死是我意中事，并不出于意料之外。所以我接到他的死的电告，并不惊惶，并不恸哭。老实说，我的惊惶与恸哭，在确定他必有死的一日之前早已在心中默默地做过了。

我去冬迁居重庆，忙着人事及疾病，到今年一月方才有工夫动笔作画。一月中，我实行我的前愿，为弘一法师造像。连作十尊，分寄福建、河南诸信士。还有九十尊，正在接洽中，定当后续作。为欲勒石，用线条描写，不许有浓淡光影。所以不容易描得像。幸而法师的线条画像，看的人都说"像"。大概是他的相貌不凡，特点容易捉住之故。但是还有一个原因：他在我心目中印象太深之故。我自己觉得，为他画像的时候，我的心最虔诚，我的情最热烈，远在惊惶恸哭及发起追悼会、出版纪念刊物之上。其实百年之后，刻像会模糊起来，石碑会破烂的。千万年之后，人类会绝灭，地球会死亡的。人间哪有绝对"永久"的事！我的画像勒石立碑，也不过比惊惶恸哭、追悼会、纪念刊稍稍永久一点而已。

读了傅彬然先生的文章之后，我也想来为读者谈谈，就写这篇文章。[①]

　　距今二十九年前，我十七岁的时候，最初在杭州贡院的浙江省立第一师范学校里见到李叔同先生（即弘一法师）。那时我是预科生，他是我们的音乐教师。一年中我见他的次数不多。因为他常常请假。走廊上玻璃窗中请假栏内，"音乐李师"一块牌子常常摆着。他不请假的时候，[②]我们上他的音乐课，有一种特殊的感觉：严肃。摇过预备铃，我们走向音乐教室（这教室四面临空，独立在花园里，好比一个温室）。推进门去，先吃一惊：李先生早已端坐在讲台上。以为先生还没有到而嘴里随便唱着、喊着，或笑着、骂着而推进门去的同学，吃惊更是不小。他们的唱声、喊声、笑声、骂声以门槛为界限而忽然消灭。接着是低着头，红着脸，去端坐在自己的位子里。端坐在自己的位子里偷偷地仰起头来看看，看见李先生的高高的瘦削的上半身穿着整洁的黑布马褂，露出在讲桌上，宽广得可以走马的前额，细长的凤眼，隆正的鼻梁，形成威严的表情。扁平而阔的嘴唇两端常有深涡，显示和爱

────────────

① 　文首至此的四段，在编入 1957 年版《缘缘堂随笔》时被作者删去。

② 　从"一年中……"至此的几句，编入 1957 年版《缘缘堂随笔》时被作者删去。

的表情。这副相貌，用"温而厉"三个字来描写，大概差不多了。讲桌上放着点名簿、讲义，以及他的教课笔记簿、粉笔。钢琴衣解开着，琴盖开着，谱表摆着，琴头上又放着一只时表，闪闪的金光直射到我们的眼中。黑板（是上下两块可以推动的）上早已清楚地写好本课内所应写的东西（两块都写好，上块盖着下块，用下块时把上块推开）。在这样布置的讲台上，李先生端坐着。坐到上课铃响出（后来我们知道他这脾气，上音乐课必早到。故上课铃响时，同学早已到齐），他站起身来，深深地一鞠躬，课就开始了。这样地上课，空气严肃得很。

有一个人上音乐课时不唱歌而看别的书，有一个人上音乐课时吐痰在地板上，以为李先生不看见的，其实他都知道。但他不立刻责备，等到下课后，他用很轻而严肃的声音郑重地说："某某等一等出去。"于是这位某某同学只得站着。等到别的同学都出去了，他又用轻而严肃的声音向这某某同学和气地说："下次上课时不要看别的书。"或者："下次痰不要吐在地板上。"说过之后他微微一鞠躬，表示"你出去吧"。出来的人大都脸上发红，带着难为情的表情（我每次在教室外等着，亲自看到的）。又有一次下音乐课，最后出去的人无心把门一拉，碰得太重，发出很大的声音。

他走了数十步之后，李先生走出门来，满面和气地叫他转来。等他到了，李先生又叫他进教室来。进了教室，李先生用很轻而严肃的声音向他和气地说："下次走出教室，轻轻地关门。"就对他一鞠躬，送他出门，自己轻轻地把门关了。最不易忘却的，是有一次上弹琴课的时候。我们是师范生，每人都要学弹琴，全校有五六十架风琴及两架钢琴。风琴每室两架，给学生练习用；钢琴一架放在唱歌教室里，一架放在弹琴教室里。上弹琴课时，十数人为一组，环立在琴旁，看李先生范奏。有一次正在范奏的时候，有一个同学放一个屁，没有声音，却是很臭。钢琴，李先生及十数同学全部沉浸在亚莫尼亚气体中。同学大都掩鼻或发出讨厌的声音。李先生眉头一皱，自管自弹琴（我想他一定屏息着）。弹到后来，亚莫尼亚气散光了，他的眉头方才舒展。教完以后，下课铃响了。李先生立起来一鞠躬，表示散课。散课以后，同学还未出门，李先生又郑重地宣告："大家等一等去，还有一句话。"大家又肃立了。李先生又用很轻而严肃的声音和气地说："以后放屁，到门外去，不要放在室内。"接着又一鞠躬，表示叫我们出去。同学都忍着笑，一出门来，大家快跑，跑到远处去大笑一顿。

李先生用这样的态度来教我们音乐，因此我们上音乐课时，觉得比其他一切课更严肃。同时对于音乐教师李叔同先生，比对其他教师更敬仰。他虽然常常请假，没有一个人怨他，似乎觉得他请假是应该的。但读者要知道，他的受人崇敬，不仅是为了上述的郑重态度的原故；他的受人崇敬使人真心地折服，是另有背景的。背景是什么呢？就是他的人格。他的人格，值得我们崇敬的有两点：第一点是凡事认真，第二点是多才多艺。先讲第一点：李先生一生的最大特点是"凡事认真"。他对于一件事，不做则已，要做就非做得彻底不可。[①]他出身于富裕之家，他的父亲是天津有名的银行家。他是第五位姨太太所生。他父亲生他时，年已七十二岁。他堕地后就遭父丧，又逢家庭之变，青年时就陪了他的生母南迁上海。在上海南洋公学读书奉母时，他是一个翩翩公子。当时上海文坛有著名的沪学会，李先生应沪学会征文，名字屡列第一。从此他就为沪上名人所器重，而交游日广，终以"才子"驰名于当时的上海。所以后来他母亲死了，他赴日本留学的时候，作一首《金缕曲》，词曰："披发佯狂走。莽中原暮鸦啼彻几株衰柳。破碎河山谁收拾，零落西风依旧。便惹得离人消瘦。行矣临流重太息，

---

① 从"他虽然常常请假，……"至此的数行，编入 1957 版《缘缘堂随笔》时有删改。

说相思刻骨双红豆。愁黯黯，浓于酒。漾情不断淞波溜。恨年年絮飘萍泊，遮难回首。二十文章惊海内，毕竟空谈何有!听匣底苍龙狂吼。长夜凄风眠不得，度群生那惜心肝剖! 是祖国，忍孤负!"读这首词，可想见他当时豪气满胸，爱国热情炽盛。他出家时把过去的照片统统送我，我曾在照片中看见过当时在上海的他：丝绒碗帽，正中缀一方白玉，曲襟背心，花缎袍子，后面挂着胖辫子，底下缀带扎脚管，双梁厚底鞋子，头抬得很高，英俊之气，流露于眉目间。（读者恐没有见过上述的服装。这是光绪年间上海最时髦的打扮。问你们的祖父母，一定知道。）真是当时上海一等的翩翩公子。这是最初表示他的特性：凡事认真。他立意要做翩翩公子，就彻底的做个翩翩公子。

后来他到日本，看见明治维新的文化，就渴慕西洋文明。他立刻放弃了翩翩公子的态度，改做一个留学生。他入东京美术学校，同时又入音乐学校。这些学校都是模仿西洋的，所教的都是西洋画和西洋音乐。李先生在南洋公学时英文学得很好；到了日本，就买了许多西洋文学书。他出家时曾送我一部残缺的原本《莎士比亚全集》，他对我说："这书我从前细读过，有许多笔记在上面，虽然不全，也是纪念物。"由此可想见他在日本时，对于西洋艺术全面进攻，绘画、音乐、文学、戏剧都研究。后来他在日本创办春柳剧社，纠集留学同志，共演当时西洋著名的悲剧《茶花女》（小仲马著）。他自己把腰束小，把发拖长，粉墨登场，扮作茶花女。这照片，他出家时也送给我，一向归我保藏，直到抗战时为兵火所毁。现在我还记得这照片：卷发，白的上衣，白的长裙拖着地面，腰身小到一把，两手举起托着后头，头向右歪侧，眉峰紧蹙，眼波斜睇，正是茶花女自伤命薄的神情。另外还有许多演剧的照片，不可胜记。这春柳剧社后来迁回中国，李先生就脱出，由另一班人去办，便是中国最初的"话剧"社。由此可以想见，李先生在日本时，是彻头彻尾的一个留学生。我见过他当时的照片：高帽子、硬领、硬袖、燕尾服、史的克〔手杖〕、尖头皮鞋，加之长身、高鼻，没有脚的眼镜夹在鼻梁上，竟活像一个西洋人。这是第二次表示他的特性：凡事认真。学一样，像一样。要做留学生，就彻底的做个留学生。

他回国后，在上海《太平洋报》报社当编辑。不久，就被南京高等师范请去教图画、音乐。后来又应杭州浙江两级师范学校（就是我就学的浙江第一师范的前身。李先生从两级师范一直教到第一师范）之聘，同时教两地两校，每月中半个月住南京，半个月住杭州。两校都请助教，他不在时由助教代课。这时候，李先生已由留学生变为"教师"。这一变,变得真彻底:漂亮的洋装不穿了,却换上灰色粗布袍子、黑布马褂、布底鞋子。金丝边眼镜也换了黑的钢丝边眼镜。他是一个修养很深的美术家,所以对于仪表很讲究。虽然布衣,形式却很称身,色泽常常整洁。他穿布衣,全无穷相,而另具一种朴素的美。你可想见,他是扮过茶花女的,身材生得非常窈窕。穿了布衣,仍是一个美男子。"淡妆浓抹总相宜",这诗句原是描写西子的,但拿来形容我们的李先生的仪表,也最适用。今人侈谈"生活艺术化",大都好奇立异,非艺术的。李先生的服装,才真可称为生活的艺术化。他一时代的服装,表出着一时代的思想与生活。各时代的思想与生活判然不同,各时代的服装也判然不同。布衣布鞋的李先生,与洋装时代的李先生、曲襟背心时代的李先生,判若三人。这是第三次表示他的特性:认真。

我二年级时,图画归李先生教。他教我们木炭石膏模型写生。同学一向描惯临画,起初无从着手。四十余人中,竟没有一个人描得像样的。后来他范画给我们看。画毕把范画揭在黑板上。同学们大都看着黑板临摹。只有我和少数同学,依他的方法从石膏模型写生。我对于写生,从这时候开始发生兴味。我到此时,恍然大悟:那些粉本原是别人看了实物而写生出来的。我们也应该直接从实物写生入手，何必临摹他人，依样画葫芦呢？于是我的画进步起来。有一晚，我为级长的公事，到李先生房间里去报告。报告毕，我将退出，李先生喊我转来，又用很轻而严肃的声音和气地对我说："你的图画进步快。我在南京和杭州两处教课，没有见过像你这样进步快速的人。你以后可以……"当晚这几句话，便确定了我的一生。可惜我不记得年月日时，又不相信算命。如果记得，而又迷信算命先生的话，算起命来，这一晚一定是我一生中一个重要关口。因为从这晚起，我打定主意，专门学画，把一生奉献给艺术，直到现在没有变志。从这晚以后，我对师范学校的功课忽然懈怠，常常逃课学画。以前学期考试联列第一，此后一落千丈，有时竟考末名。幸有前两年的好成绩，平均起来，毕业成绩犹得第二十名。这些关于我的话现在不应详述。且说李先生自此以后，[①]与我接近的机会更多。因为我常去请他教画，又教日本文。因此以后的李先生的生活，我所知道的更为详细。他本来常读性理的书，后来忽然信了道教，案头常常放着道教的经书。那时我还是一个毛头青年，谈不到宗教。李先生除绘事外，并不对我

① 从"有一晚，……"至此的十几行，在编入1957年版《缘缘堂随笔》时被作者删改。

谈道。但我发见他的生活日渐收敛起来，像一个人就要动身赴远方时的模样。他常把自己不用的东西送给我。后来又介绍我从夏丏尊先生学日本文，因他没有工夫教我。他的朋友日本画家大野隆德、河合新藏、三宅克己等到西湖来写生时，他带了我去请他们吃一次饭，以后就把这些日本人交给我，叫我引导他们（我当时已能讲普通应酬的日本话）。他自己就关起房门来研究道学。有一天，他决定入大慈山去断食，我有课事，不能陪去，由校工闻玉陪去。数日之后，我去望他。见他躺在床上，面容消瘦，但精神很好，对我讲话，同平时差不多。他断食共十七日，由闻玉扶起来，摄一个影，影片上端由闻玉题字："李息翁先生断食后之像，侍子闻玉题。"这照片后来制成明信片分送朋友。像的下面用铅字排印着："某年月日，入大慈山断食十七日，身心灵化，欢乐康强——欣欣道人记。"李先生这时候已由"教师"一变而为"道人"了。学道就断食十七日，也是他凡事认真的表示。

但他学道的时候很短。断食以后，不久他就学佛。他自己对我说：他的学佛是受马一浮先生指示的。出家前数日，他同我到西湖玉泉去看一位程中和先生。这程先生原来是当军人的，现在退伍，住在玉泉，正想出家为僧。李先生同他谈得很久。此后不久，我陪大野隆德到玉泉去投宿，看见一个和尚坐着，正是这位程先生。我想称他"程先生"，觉得不合。想称他法师，又不知道他的法名（后来知道是弘伞）。一时周章得很。我回去对李先生讲了，李先生告诉我，他不久也要出家为僧，就做弘伞的师弟。我愕然不知所对。过了几天，他果然辞职，要去出家。出家的前晚，他叫我和同学叶天瑞、李增庸三人到他的房间里，把房间里所有的东西送给我们三人。第二天，我们三人送他到虎跑。我们回来分得了他的"遗产"，再去望他时，他已光着头皮，穿着僧衣，俨然一位清癯的法师了。我从此改口，称他为"法师"。法师的僧腊（就是做和尚的年代）二十四年。这二十四年中，我颠沛流离，他一贯到底，而且修行功夫愈进愈深。当初修净土宗，后来又修律宗。律宗是讲究戒律的。一举一动，都有规律，做人认真得很。这是佛门中最难修的一宗。数百年来，传统断绝，直到弘一法师方才复兴，所以佛门中称他为"重兴南山律宗第十一代祖师"。修律宗如何认真呢？一举一动，都要当心，勿犯戒律（戒律很详细，弘一法师手写一部，昔年由中华书局印行的，名曰《四分律比丘戒相表记》）。[①]举一例说：有一次我

① 从"修律宗如何认真呢"至此的数行，在编入1957年版的《缘缘堂随笔》时有删改，现据旧版恢复。

寄一卷宣纸去，请弘一法师写佛号。宣纸很多，佛号所需很少。他就要来信问我，余多的宣纸如何处置。我原是多备一点，由他随意处置的，但没有说明，这些纸的所有权就模糊，他非问明不可。我连忙写回信去说，多余的纸，赠与法师，请随意处置。以后寄纸，我就预先说明这一点了。又有一次，我寄回件邮票去，多了几分。他把多的几分寄还我。以后我寄邮票，就预先声明：多余的邮票送与法师。诸如此类，俗人马虎的地方，修律宗的人都要认真。①有一次他到我家。我请他藤椅子里坐。他把藤椅子轻轻摇动，然后慢慢地坐下去。起先我不敢问。后来看他每次都如此，我就启问。法师回答我说："这椅子里头，两根藤之间，也许有小虫伏着。突然坐下去，要把它们压死，所以先摇动一下，慢慢地坐下去，好让它们走避。"读者听到这话，也许要笑。但这正是做人认真至极的表示。模仿这种认真的精神去做社会事业，何事不成，何功不就？我们对于宗教上的事情，不可拘泥其"事"，应该观察其"理"。②

如上所述，弘一法师由翩翩公子一变而为留学

---

① 从"诸如此类"至此的数句，在 1957 年版《缘缘堂随笔》中删去。
② 从"模仿这种认真的精神……"至此的几句，在 1957 年版《缘缘堂随笔》中被作者删去。

生，又变而为教师，三变而为道人，四变而为和尚。每做一种人，都十分像样。好比全能的优伶：起老生像个老生，起小生像个小生，起大面又很像个大面……都是"认真"的原故。以上已经说明了李先生人格上的第一特点。[①]

李先生人格上的第二特点是"多才多艺"。西洋文艺批评家批评德国的歌剧大家华葛纳尔（瓦格纳）（Wagner）有这样的话："阿普洛（阿波罗）（Appolo，文艺之神）右手持文才，左手持乐才，分赠给世间的文学家和音乐家。华葛纳尔却兼得了他两手的赠物。"意思是说，华葛纳尔能作曲，又能作歌，所以做了歌剧大家。拿这句话批评我们的李先生，实在还不够用。李先生不但能作曲，能作歌，又能作画，作文，吟诗，填词，写字，治金石，演剧。他对于艺术，差不多全般皆能。而且每种都很出色。专门一种的艺术家大都不及他，要向他学习。作曲和作歌，读者可在开明书店出版的《中文名歌五十曲》中窥见。这集子中载着李先生的作品不少。每曲都脍炙人口。他的油画，大部分寄存在北平（北京）美专，现在大概还在北平。写实风而兼印象派笔调，每幅都很稳健，精到，为我

<hr>

① 从这最后一句至全文结束的几段，在编入 1957 年版《缘缘堂随笔》时被作者删去，改为数行结束语。

国洋画界难得的佳作。他的诗词文章，载在从前出版的《南社文集》中，典雅秀丽，不亚于苏曼殊。他的字，功夫尤深，早年学黄山谷，中年专研北碑，得力于《张猛龙碑》尤多。晚年写佛经，脱胎化骨，自成一家，轻描淡写，毫无烟火气。他的金石，同字一样秀美。出家前，他的友人把他所刻的印章集合起来，藏在西湖上西泠印社的石壁的洞里。洞口用水泥封好，题着"息翁印藏"四字（现在也许已被日本人偷去）。他的演剧，前已说过，是中国话剧的鼻祖。总之，在艺术上，他是无所不精的一个作家。艺术之外，他又曾研究理学（阳明、程、朱之学，他都做过功夫。后来由此转入道教，又转入佛教的）。研究外国文，……李先生多才多艺，一通百通。所以他虽然只教我音乐图画，他所擅长的却不止这两种。换言之，他的教授图画音乐，有许多其他修养作背景，所以我们不得不崇敬他。借夏先生的话来讲：他做教师，有人格作背景，好比佛菩萨的有"后光"。所以他从不威胁学生，而学生见他自生畏敬。从不严责学生（反之，他自己常常请假），而学生自会用功。他是实行人格感化的一位大教育家。我敢说：自有学校以来，自有教师以来，未有盛于李先生者也。

青年的读者，看到这里，也许要发生这样的疑念：李先生为什么不做教育家，不做艺术家，而做和尚呢？

是的，我曾听到许多人发这样的疑问。他们的意思，大概以为做和尚是迷信的，消极的，暴弃的，可惜得很!倘不做和尚，他可在这僧腊二十四年中教育不少的人才，创作不少的作品，这才有功于世呢。

这话，近看是对的，远看却不对。用低浅的眼光，从世俗习惯上看，办教育，制作品，实实在在的事业，当然比做和尚有功于世。远看，用高远的眼光，从人生根本上看，宗教的崇高伟大，远在教育之上。——但在这里须加重要声明：一般所谓佛教，千百年来早已歪曲化而失却真正佛教的本意。一般佛寺里的和尚，其实是另一种奇怪的人，与真正佛教毫无关系。因此世人对佛教的误解，越弄越深。和尚大都以念经念佛做道场为营业。居士大都想拿佞佛来换得世间名利恭敬，甚或来生福报。还有一班恋爱失败，经济破产，作恶犯罪的人，走投无路，遁入空门，以佛门为避难所。于是乎，未曾认明佛教真相的人，就排斥佛教，指为消极，迷信，而非打倒不可。歪曲的佛教应该打倒；但真正的佛教，崇高伟大，胜于一切。——读者只要穷究自身的意义，便可相信这话。譬如：为什么入学校?为了欲得教养。为什么欲得教养?为了要做事业。为什么要做事业?为了满足你的人生欲望。再问下去,为什么要满足你的人生欲望?你想了一想,一时找不到根据,而难于答复。你再想一想,就会感到疑惑与虚空。你三想的时候,也许会感到苦闷与悲哀。这时候你就要请教"哲学",和他的老兄"宗教"。这时候你才相信真正的佛教高于一切。

所以李先生的放弃教育与艺术而修佛法,好比出于幽谷,迁于乔木,不是可惜的,正是可庆的。

弘一法师逝世(1943年10月13日)后
第一百六十七日作于四川五通桥旅舍。

我的烧香癖①

《论语》出这个题目要我作文。我初接到邵洵美先生的信的时候，决定不能作。因为我想，我的生活平淡无奇，与普通人无异，并无癖好可说。我把征稿启事和信札塞在抽斗里，准备置之不理。我坐在案前，预备做别的写作。忽然觉得缺乏一种条件。原来是案头的炉香已经熄灭，眼睛看不见篆缕，鼻子闻不到香气，我的笔就提不起来。于是开开香炉盖，把香灰推平，把梅花架子装上，把香末添进，用铜帚细细地塑制。正在这时候，我忽然觉悟了：这不是一种癖好吗？为什么写作一定要点香呢？这样一想，就发见我自己原有癖好，我的生活并不平淡，与普通人并不相同。同时我又发生一种警惕之感，即主观的蒙蔽的可怕。凡有嗜好的人，因为主观的感情作用，往往认为这嗜好是最合理的，最有意义的，是人人应该有的，不是我一人的偏好。于是就不认为这是一种癖好。我

① 本篇原载《论语》半月刊1947年3月16日第125期"癖好专号"。编者保存有此文的手稿，作者在这手稿上用毛笔删去第一段及第二段首句，改题名为《炉烟》。

刚才的初感，便是由主观的蒙蔽而生。此事虽小，可以喻大，我安得不警惕呢！

于是我就来写自己的癖好，以应《论语》的雅嘱。抗战以前，我闲居石门湾缘缘堂时，癖好最多。首屈一指的是烧香。我烧的是"寿字香"。寿字香者，就是在一铜制的香炉中，用香末依寿字形的模型塑成的香。这模型普通是一篆文寿字。从头至尾，一气连贯。也有不取寿字而取别种形式的；但因多数为寿字，故统称为寿字香。这种香炉，大都分两层，上层底下盛香灰，寿字香末就塑在这层香灰上面。下层是盛香末以及工具的地方。工具共有四件：一是铜模，模中雕出弯弯曲曲一个寿字，从头至尾，一气连贯。二是铜片，乃和香炉同样大小的一片铜，寿字香点过以后欲重制时，先拿这铜片将香灰压平，然后重新塑制于香灰之上。三是铜瓢，形似小铲刀，用以取香末的。四是铜帚，用以括平香末，完成塑制的。这种香炉我家共有八九只之多。有方形的，有圆形的，有梅花形的，有如意形的。我每次到杭州上海，必赴旧货店找寻此物，找到了我家所未有的形式，便买回来。因此积聚了八九只之多。我的书案上，不断地供着这种香炉。看厌了，换一只。所点的香末，也分数种，常常调换，有檀香末，降香末，麝香末，以及福建香末，都是托药店定制的。我当时生活很普罗①，布衣，蔬食，不慕奢侈；独于点香一事，不惜费用。每月为香所费的，比吃饭贵得多！这正是一种癖好。为什么有这种癖好？我爱它有两种好处：第一是香的气味的美。香气使鼻子的嗅觉发生快感。美学者言，人的感觉，分高等下等两种，视觉与听觉，对精神发生关系的，称为高等感觉。味觉触觉等，对肉体发生关系的，称为下等感觉。其实这也不能绝对分别。只是视觉与听觉不须接触身体，隔着距离即可摄受，故认为高等耳。味觉与触觉必须接触身体，不能隔开距离，故认为下等耳。照这说法，嗅觉应该称为中等感觉。因为它可以隔着距离，凭香气的接触而摄受。欣赏艺术品，如看画，听乐，是用高等感觉的。吃饭穿衣，是用下等感觉的。其中间还有一种闻香，是用中等感觉的。因为它不接不离，若接若离，介乎高等与下等之间。我们爱好艺术的人，常常追求高等感觉的快美。所以欢喜看画，欢喜读书，欢喜听乐，欢喜看戏。但好画，好书，好戏，是不能常得的。所以高等感觉常被闲却。这是一件憾事。我所以欢喜点香，就是为了要利用中等感觉的快感来补充美欲的不满足。吃烟，也是

①　普罗，英文 proletarian（无产阶级的）译音的简化，在这里是朴实的意思。

与嗅觉发生关系的。但它必须通过嘴巴深入肺腑，而且有瘾，近于饮酒吃饭，与美欲相去太远。故吃烟不是完全属于中等感觉的。惟有点香，完全属于中等感觉，其品位还在吃饭穿衣之上。而仅次于看画，读书，听乐，看戏。古人对于这中等感觉，早已注意。所以"炉香"，"篆缕"，"沉水"，"金鸭"等字眼，屡见于诗词。我常觉得，古人的事不一定可取法。但烧香这件事，大可效仿。我效仿了多年，居然成了一种癖好。鼻子闻不到香气时，意懒懒的提不起笔来，展不开书来。

其次，我的爱点香，是为了香的烟缕的形象的美。我们所居的房屋中，所陈列的物件，都是静止的。好画满壁，好花满瓶，好书满架，都是不动的。久居在静止的房间内，有沉闷，单调之感。有的人爱养鸟，大概是欢喜它的动。窗前挂一个鸟笼，听听鸟的鸣声，看看鸟在樊笼内跳来跳去的动作，可以打破静的沉闷与单调。但我不爱这办法。把天空翱翔的动物禁锢在立方尺内，让它哀鸣挣扎，而认为乐事，到底不是好办法。与其养鸟，远不如点香。香烟缭绕，在空中画出万千种美妙的形状，实在是可以赏心悦目的。古人称之为"篆缕"，"篆烟"，以其飘曳的形状颇像篆文。又有"心字香"之称。考据者说是古人的线香制成篆文心字的形，故名。但我以为不一定要线香制成心字形，香的烟气的形状，也常绕成篆文心字形状，一切香都不妨称为"心字香"。而且还有一种意义。香烟缭绕之形，象征着人心的思想。思想也是缥渺无定的东西，与烟气的随风飘荡，委婉曲折，十分相似。故静看炉烟，可助思想。或思入风云变态中，或想入非非，或成独笑，或做昼梦。烟缕有启发思想之功。龚定庵诗云："瓶花贴妥炉烟定，觅我童心四十年。"炉烟的飘曳，可以教人怀旧，引人回忆，促人反省，助人收回失去的童心。

点香对我固有上述的好处，就成了我的癖好。但这是抗战以前，故国平居时的话。抗战军兴，我弃家西窜，流离迁徙，深入不毛。有时连香烟都缺乏，谈不到炉烟。有时连吃饭都成问题，谈不到点香。重庆的四年，生活比较安定；但是抗战未了，生灵涂炭未已，我哪有闲情逸致去点香呢？所以这癖好一直戒除了九年。去年秋天，我复员返沪。回到故乡石门湾去看看，故居缘缘堂不是焦土，而早已变成草地，昔日供炉烟的地方，已有很高的野生树木在欣欣向荣了。我到杭州来找住处。杭州住屋亦不易得，我先住在功德林的旅馆内。住了几天，找不到房子，就借住在和尚寺内。我一进和尚寺，就到梅花碑①去找旧货店，

---

① 梅花碑，是当时杭州旧货店集中的地方。

想买一只香炉，恢复我旧时的癖好。岂知十年战乱之后，民生凋疲，此物自知无人顾问，都已消形灭迹，无处寻访了。好容易在一处旧货店内找到一只梅花形的寿字香。出一万块钱（脚注：一万块钱，是当时的"法币"。）买了回来，供在寺内的案头。香末更难访到，我就向香烛铺去买檀香末，聊以代替。檀香末是粗粒的，实在不宜于点寿字香。但在十年战乱之后，能恢复我这小小的癖好，已经心满意足了。我得了这东西，好比失恋的人恢复了旧欢。我正想与它订白头之盟，从此永不分离。只是内乱方殷，民生还在涂炭，使我这炉烟的香气的美，与篆缕的形状的美，都大打折扣，不知何日方得全部恢复也。

卅六（1947）年三月三日于杭州。

怀太虚法师①

　　我和太虚法师是小同乡，同是浙江崇德县人。但我们相见很晚，是卅二三年间在重庆的长安寺里第一次会面的。一见之后，我很亲近他，因为他虽然幼小离乡，而嘴上操着一口崇德土白，和我谈话，很是入木。我每次入城，必然去长安寺望望他。那时我常感到未见面时的太虚法师，与见面后的太虚法师，竟判若两人。

　　未见面之前，我听别人的传说，甚是惊奇。有人说他是交际和尚，又有人说他是官僚和尚，还有人说他是出风头和尚。我不相信，亲去访问他。一见之后，果然证明了外间的传说都是误解。他是正信，慈悲，而又勇猛精进的，真正的和尚。我这话决不是随便说的。正信者，他对佛法有很正确的认识与信仰。慈悲者，他的态度中绝无贪嗔痴的痕迹。勇猛精进者，他对宏法事业有很大的热心。真正的和尚者，正信，慈悲，勇猛精进之外，又恪守僧戒，数十年如一日，俱

---

①　本篇原载《申报·自由谈》1947 年 5 月 16 日。

足比丘的资格。我每次访问他之后，走出长安寺，下坡的时候，心中叹羡不置。我诧异："崇德怎么会出这样的一个人？"

外间对他的误解，实在是他的对世间的勇猛精进所招来的。凡对于佛法，佛教，僧人有利的事业，他都关心，不避艰难，不怕麻烦，他都要尽心竭力去计划，维持，或发起。凡和社会发生关系，总难免有招摇，议论，或谣诼。太虚法师的受一部分人的误解，全是他的护法的热心所招来的。但他对于这些误解，绝不关心，始终勇猛精进，直到圆寂。

我在重庆与太虚法师最后的会面，是复员前几天在紫竹林素菜馆。那天我请客，邀在家、出家的七八位好友叙晤，作为对重庆的惜别。我不能忘记的，是我几乎教他开了酒戒。紫竹林的酒杯与茶杯是同样的。酒壶也就用茶壶。席上在家人都喝酒，而出家人之中也有一二人喝酒。我不知道太虚法师喝不喝酒，敬他一杯，看他是否同弘伞法师一样谢绝。大约他那时正和邻席的人谈得热心，没有注意我的敬酒，并不谢绝。我心中纳罕："太虚法师不戒酒的！"既而献樽，太虚法师端起杯子，尽量吸一口，连忙吐出，微笑地说道："原来是酒，我当是茶。"满座大笑起来。我倒觉得十分抱歉，我有侮蔑这位老法师的罪过。倘换了印光法师，我说不定要大受呵斥。但太虚法师微笑置之而已。太虚法师已经不在人间了，这点抱歉还存在我的心头。我只有祝他往生极乐，早证菩提。

卅六（1947）年五月九日于杭州。

雪舟和他的艺术①

雪舟是日本的"画圣"。他的画风从十五世纪中开始，一直在日本画坛上占据主要的地位。欧洲人也崇仰他的艺术，他在世界艺坛上也是名人。而在今天，雪舟逝世四百五十周年的纪念展览会在上海开幕的时候，我们中国人感到特殊的荣幸，因为雪舟和中国有特别密切的关系。

雪舟生于十五世纪初。他十二三岁的时候就出家为僧。他一面宏扬佛法，一面勤修绘画。他是一个所谓"画僧"。日本十二世纪时就有一个画派，叫作"宋元水墨画派"，就是取法我国宋元诸大画家的画风的。这宋元水墨派的始祖叫做荣贺。然而在荣贺的时代，只是模仿日本商人、禅僧从中国带回去的宋元画家作品，未能发挥水墨画的精神。到了雪舟手里，水墨画方才大大地进步，方才体得了马远、夏圭的真精神。这当然是雪舟的伟大天才的成果，但也是因为雪舟曾经亲自留学中国的原故。

---

① 载 1956 年 12 月 12 日《解放日报》。

公历一四六七年，即中国明宪宗成化三年，雪舟从日本来到中国。他先到北京，向当时的宣德画院的画家学习。后来离开北京，南游江浙。他曾经在宁波的天童寺做和尚，名为天童第一座。他搜求宋元杰作的真迹，努力研究。同时又遨游中国名山大川，研究宋元画家的杰作的模特儿。这时期他恍然悟得了画道的真理："师在于我，不在于他。"这就是说："与其师法别人的画，不如直接师法大自然。"荣贺等从纸面上模仿宋元画笔法，雪舟却从山川风景上学习宋元画的表现法。他的师法宋元，不是死的模仿，而是活的应用。雪舟作品的高超就在于此，雪舟的伟大就在于此。

雪舟以前，日本水墨画派中有一个画僧叫做宁一山，是中国元朝的和尚归化日本的。还有一个水墨派画家叫做李秀文，是中国明朝人归化日本的。雪舟曾经师法宁一山和李秀文；后来亲自来到中国，探得了源头活水，画道就青出于蓝。他在中国留学数年，回到日本，大展天才，宣扬真正的宋元精神。于是日本水墨画大大地昌明。所以日本画史中说："水墨画始于荣贺，盛于雪舟。"雪舟之后，日本水墨画界著名的云谷派的领导者云谷等颜自称"雪舟三世"。长谷川派的领导者长谷川等伯自称"雪舟五代"。两人为了争取雪舟正统，曾经涉讼，结果长谷川败诉。于此可见雪舟在日本画坛上的权威。直到现在，雪舟的画风还在日本画坛上占据主要的地位。所以日本人尊雪舟为"画圣"，全世界崇雪舟为"文化名人"。

如上所述，这位画圣和文化名人的养成，与我们中国有密切的关系。这使我们中国人在今天的纪念展览会上感到特殊的光荣。同时雪舟这种治学精神，"师在于我，不在于他"，给我国美术家以宝贵的启示，值得我们学习。而且今天这个纪念展览会，还有一点更可贵的意义：我们举办这个展览会，正好与日本商品展览会同时。这可使中国艺术和日本艺术的关系越发密切起来，这可使爱好和平与美的中国人民和日本人民更加亲密起来。这是促进中日友好的一股很大力量。这一点意义最可宝贵。

我衷心地、热诚地祝贺中日友好万岁！

天童寺忆雪舟[①]

春到江南，百花齐放。我动了游兴，就在三月中风和日暖的一天，乘轮船到宁波去作旅行写生了。

宁波是我旧游之地，然而一别已有二十多年，走入市区，但觉面目一新，完全不可复识了。从前的木造老江桥现在已变成钢架大桥，从前的小屋现已变成层楼，从前的石子路现已变成柏油马路……街上车水马龙，商店百货山积。二十多年不见，这老朋友已经返老还童了！

我是来作旅行写生的，希望看看风景，首先想起有名的天童寺。这千年古刹除风景优胜之外，对我还有一点吸引力；这是日本有名的画僧雪舟等杨驻锡之处，因此天童二字带着美术的香气。我看过宁波市区后，次日即驱车赴天童寺。

天童寺离市区约五十里，小汽车一小时即到。将近寺院，一路上长松夹道，荫蔽天日；松风之声，有如海潮。走进山门，但见殿宇巍峨，金碧辉煌，庄严

---

① 本篇原载香港《新晚报》1963 年 4 月 21 日。

七宝，香气氤氲。寺屋大小不下数百间，都布置得清楚齐整，了无纤尘。寺址在山坡上，层层而上，从最高的罗汉堂中可以望见寺院全景。我凭栏俯瞰，想象五百年前曾有一位日本高僧兼大画家住在这里，不知哪一个房间是他的起居坐卧作画之处。古人云："登高望远，令人心悲。"我现在是登高怀古，不胜憧憬！

在寺吃素斋后，与同游诸人及僧众闲谈，始知此寺已有千余年历史，其间两次遭大火，一次遭山洪，因此文物损失殆尽，现在已经没有雪舟的纪念物了。但同游诸人都知道雪舟之名，因为一九五六年雪舟逝世四百五十年纪念，上海曾经开过雪舟遗作展览会，我曾经作文在报上介绍。我们就闲谈雪舟的往事。僧众听了，都很高兴，庆幸他们远古时具有这一段美术胜缘。我所知道的雪舟是这样：

雪舟姓小田，名等杨，是十五世纪日本有名画僧，是日本"宋元水墨画派"的代表作家。日本人所宗奉的中国水墨画家，是宋朝的马远与夏圭。雪舟要探访这画派的发源地，曾随日本的遣唐使来华，其时正是明朝宪宗年间。明朝宫廷办有画院，画家都封官职。明代名画家戴文进、倪端、李在、王谔等，都是画院里的人。李在是马远、夏圭的嫡派，雪舟一到北京，就拜李在为师，专心学习水墨画。他一方面临摹古画，一方面自己创作。经过若干时之后，他忽然悟到：作画不能专看古人及别人之作，必须师法大自然，从现实中汲取画材。于是离开北京，遍游中国名山大川。后来到了浙江宁波，看见这天童寺地势佳胜，风景优美，就在这寺里当了和尚。僧众尊崇他，称他为"天童第一座"。他在天童寺一面礼佛，一面研究绘画，若干时之后，画道大进。明宪宗闻知了，就召他进宫，请他为礼部院作壁画。这壁画画得极好，见者无不赞叹。于是求雪舟作画的人越来越多，使得他应接不暇。他在中国住了约四年，然后回国。他在这四年间与中国人结了不少翰墨因缘。

我又想起了雪舟的两种逸话，乘兴也讲给大家听。

有一个中国人求雪舟一幅画，要求他画日本风景。雪舟就画日本佃之浦地方的清见寺的风景，其中有个宝塔，亭亭独立，非常美观。后来雪舟返国，来到田之浦，一看，清见寺旁边并没有宝塔。大约是原来有塔，后来坍倒了。雪舟想起了在中国应嘱所写的那幅画，觉得不符现实，很不称心。他就自己拿出钱来，在清见寺旁边新造一个宝塔，使实景和他的画相符合。于此可见他作画非常注重反映现实。

雪舟十二三岁就做和尚。但他不喜诵经念佛，专爱描画。他的师父命令他诵经，他等师父去了，便把经书丢开，偷偷地拿出画具来描画。有一次他正在描画，师父忽然来了。师父大怒，拉住他的耳朵，到大殿里，用绳子把他绑在柱子上，不许他行动和吃饭。雪舟很苦痛，呜咽地哭泣，眼泪滴在面前的地上。滴得多了，形状约略像个动物。雪舟便用脚趾蘸眼泪作画，画一只老鼠。即将画成的时候，师父悄悄地走来了。他站在雪舟背后，看见地上一只老鼠正在咬雪舟的脚趾。仔细一看，原来是画。因为画得很好，师父以为是真的老鼠。这时候师父才认识了他的绘画天才，便释放他，从此任凭他自由学画。这便是这大画家发迹的第一步。

我们谈了许多旧话之后，就由寺僧引导，攀登寺旁的玲珑岩，欣赏松涛。那里有老松千百株，郁郁苍苍，犹似一片绿海。松风之声，时起时伏，亦与海涛相似。有亭翼然，署曰"听涛"，是我所手书的。寺僧告我，某树是宋代之物，某树是元代之物。我想：某些树一定是曾经见过雪舟，可惜它们不肯说话，不然，关于这位画僧我们可以得知更多的史实。

一九六三年三月于上海。

不肯去观音院[①]

普陀山，是舟山群岛中的一个岛，岛上寺院甚多，自古以来是佛教胜地，香火不绝。浙江人有一句老话："行一善事，比南海普陀去烧香更好。"可知南海普陀去烧香是一大功德。因为古代没有汽船，只有帆船；而渡海到普陀岛，风浪甚大，旅途艰苦，所以功德很大。现在有了汽船，交通很方便了，但一般信佛的老太太依旧认为一大功德。

我赴宁波旅行写生，因见春光明媚，又觉身体健好，游兴浓厚，便不肯回上海，却转赴普陀去"借佛游春"了。我童年时到过普陀，屈指计算，已有五十年不曾重游了。事隔半个世纪，加之以解放后普陀寺庙都修理得崭新，所以重游竟同初游一样，印象非常新鲜。

我从宁波乘船到定海，行程三小时；从定海坐汽车到沈家门，五十分钟；再从沈家门乘轮船到普陀，只费半小时。其时正值二月十九观世音菩萨生日，香

---

① 本篇原载香港《新晚报》1963年4月18日。

客非常热闹，买香烛要排队，各寺院客房客满。但我不住寺院，住在定海专署所办的招待所中，倒很清静。

我游了四个主要的寺院：前寺、后寺、佛顶山、紫竹林。前寺是普陀的领导寺院，殿宇最为高大。后寺略小而设备庄严，千年以上的古木甚多。佛顶山有一千多石级，山顶常没在云雾中，登楼可以俯瞰普陀全岛，遥望东洋大海。紫竹林位在海边，屋宇较小，内供观音，住居者尽是尼僧；近旁有潮音洞，每逢潮涨，涛声异常宏亮。寺后有竹林，竹竿皆紫色。我曾折了一根细枝，藏在衣袋里，带回去作纪念品。这四个寺院都有悠久的历史，都有名贵的古物。我曾经参观两只极大的饭锅，每锅可容八九担米，可供千人吃饭，故名曰"千人锅"。我用手杖量量，其直径约有两手杖。我又参观了一只七千斤重的钟，其声宏大悠久，全山可以听见。

这四个主要寺院中，紫竹林比较的最为低小；然而它的历史在全山最为悠久，是普陀最初的一个寺院。而且这开国元勋与日本人有关。有一个故事，是紫竹林的一个尼僧告诉我的，她还有一篇记载挂在客厅里呢。这故事是这样：千余年前，后梁时代，即公历九百年左右，日本有一位高僧，名叫慧锷的，乘帆船来华，到五台山请得了一位观世音菩萨像，将载回日本去供养。那帆船开到莲花洋地方，忽然开不动了。这慧锷法师就向观音菩萨祷告："菩萨如果不肯到日本去，随便菩萨要到哪里，我和尚就跟到哪里，终身供养。"祷告毕，帆船果然开动了。随风飘泊，一直来到了普陀岛的潮音洞旁边。慧锷法师便捧菩萨像登陆。此时普陀全无寺院，只有居民。有一个姓张的居民，知道日本僧人从五台山请观音来此，就捐献几间房屋，给他供养观音像。又替这房屋取个名字，叫做"不肯去观音院"。慧锷法师就在这不肯去观音院内终老。这不肯去观音院是普陀第一所寺院，是紫竹林的前身。紫竹林这名字是后来改的。有一个人为不肯去观音院题一首诗：

借问观世音，因何不肯去？

为渡大中华，有缘来此地。

如此看来，普陀这千余年来的佛教名胜之地，是由日本人创始的。可见中日两国人民自古就互相交往，具有密切的关系。我此次出游，在宁波天童寺想起了五百年前在此寺作画的雪舟，在普陀又听到了创造寺院的慧锷。一次旅行，遇到了两件与日本有关的事情，这也可证明中日两国人民关系之多了。不仅古代而已，现在也是如此。我经过定海，参观鱼场时，听见渔民说起：近年来海面常有飓风暴发，将渔船吹到日本，日本的渔民就招待这些中国渔民，等到风息之后护送他们回到定海。有时日本的渔船也被飓风吹到中国来，中国的渔民也招待他们，护送他们回国。劳动人民本来是一家人。

不肯去观音院左旁，海边上有很长、很广、很平的沙滩。较小的一处叫做"百步沙"，较大的一处叫做"千步沙"。潮水不来时，我们就在沙上行走。脚踏到沙上，软绵绵的，比踏在芳草地上更加舒服。走了一阵，回头望望，看见自己的足迹连成一根长长的线，把平净如镜的沙面划破，似觉很可惜的。沙地上常有各种各样的贝壳，同游的人大家寻找拾集，我也拾了一个藏在衣袋里，带回去作纪念品。为了拾贝壳，把一片平沙踩得破破烂烂，很对它不起。然而第二天再来看看，依旧平净如镜，一点伤痕也没有了。我对这些沙滩颇感兴趣，不亚于四大寺院。

离开普陀山，我在路途中作了两首诗，记录在下面：

一别名山五十春，重游佛顶喜新晴。
东风吹起千岩浪，好似长征奏凯声。

寺寺烧香拜跪勤，庄严宝岛气氤氲。
观音颔首弥陀笑，喜见群生乐太平。

回到家里，摸摸衣袋，发见一个贝壳和一根紫竹，联想起了普陀的不肯去观音院，便写这篇随笔。

一九六三年清明节于上海。

戒孝子和李居士

我先认识李居士，因李而认识戒孝子，所以要先从李说起。

李居士名荣祥，法名圆净，是广东一资本家的儿子。这资本家在上海开店铺，在狄思威路买地造屋，屋有几十幢，最后一幢自己住，其余放租。店和屋两项收入可观。李荣祥在复旦大学某系毕业，不就工作，一向在家信佛宏法，皈依当时有名的和尚印光法师。我的老师李叔同先生做了和尚，有一次云游到上海，要我陪着去拜访印光法师。文学家叶圣陶也去。弘一法师对印光法师行大礼，印光端坐不动，而且语言都像训词。叶圣陶曾写一篇《两法师》，文中赞叹弘一法师的谦恭，讥评印光法师的傲慢，说他"贪嗔痴未除"。我亦颇有同感。印光法师背后站着一个青年，恭恭敬敬地侍候印光，这人就是李圆净。后来他和我招呼，知道我正在和弘一法师合作《护生画集》，便把我认为道友，邀我到他家去坐。那时我住在江湾，到上海市内教课，进出必经他家门口，于是我就常到他家去坐。每次他请我吃牛乳和白塔面包，同时勉励我多作护生画，宣传吃素。我在他的督促之下，果然画了许多护生画，由弘一法师题诗，出版为护生画第一集。这时弘一法师五十岁。我作画五十幅，为他祝寿。约定再过十年，作六十幅，为他祝六十寿，是为第二集。直到第六集一百幅，为他祝百龄寿。这且不谈。

有一次我在李圆净家里遇见一个青年人，这人就是戎孝子。戎孝子名传耀，杭州人，在上海某佛教机关担任工作——校经书。其人吃素信佛，态度和蔼可亲。后来李圆净为我叙述他认识这孝子的因缘，使我吃惊。

这李居士每年夏天，一定到杭州北高峰下面的韬光寺去避暑，过了夏天回上海。每天早上，他从客房的窗中望见有一个人，在几百级石埠上膝行而上，直到大殿前，跪着叩头，然后取了一服"仙方"，即香炉里的香灰，急忙下山而去。每天如此，风雨无阻。第二年夏天他再来避暑，又见此人如此上山。第三年亦复如是。李居士就出去招呼此人，问他求仙方何用，这才知道他叫戎传耀，住在城中，离此有十多里路，为了母亲患病，医药无效，因此每天步行到此，来求韬光大佛。孝感动天，他母亲服仙方后，病果然痊愈了。李居士知道他是这样的一个孝子，就同他订交，约他到上海来共同宏法。不久戎孝子便由李居士介绍，到某佛教机关工作，每月获得相当的薪水，足以养母。因此他认李居士为知己，热心地帮他做宏法事业。我的护生画的刊印，也靠他帮助。因此他和我也时常往来。后来他回杭州原籍，近况不明了。

且说李圆净这个人，生活颇不寻常。他患轻微的肺病，养生之道异常讲究。他出门借旅馆，必须拣僻静之处，连借三个房间，自己住中央一间，两旁两间都锁着。如此，晚上可以肃静无声，不致打扰他睡眠。他在莫干山脚上买一块地，造了一所房子。屋外有石级通下山。他上石级时，必须一男工托着他的背脊，一步一步地推他上去。有一次我去访他，见此状态甚为诧异，觉得此人真是行尸走肉。他见我注视，自己觉得不好意思，对我辩解说，他有肺病，不宜用力爬石级，所以如此。他的房间里的写字桌的抽斗，全部除去，我问他为何，他说这样可使房间里空气多些，可笑。他有一子一女，当时都还只十岁左右，有一时他请我的阿姐去当家庭教师，教这两孩子读古书。强迫他们午睡，非两点钟不得起身。两孩子不耐烦，躺在床里时时爬起来看钟，一到两点钟就飞奔出外去了。抗战军兴，他丢了这房子逃入租界。子女都已长大，……解放前夕，其妻带了一笔家产，和两个子女，逃往台湾。李圆净乘轮船赴崇明。半夜里跳入海中，往生西方极乐世界去了。他满望"不知所终"。岂知潮水倒流，把他的尸体冲到海滩上，被农民发见，在他身上找出"身份证"，去报告他家族，而家中空无一人。正好戎孝子去看望他，就代他家族前往收尸。佛教居士李圆净一生如此结束。

我与弘一法师①

——厦门佛学会讲稿，民国卅七年十一月廿八日

弘一法师是我学艺术的教师，又是我信宗教的导师。我的一生，受法师影响很大。厦门是法师近年经行之地，据我到此三天内所见，厦门人士受法师的影响也很大；故我与厦门人士不啻都是同窗弟兄。今天佛学会要我演讲，我惭愧修养浅薄，不能讲弘法利生的大义，只能把我从弘一法师学习艺术宗教时的旧事，向诸位同窗弟兄谈谈，还请赐我指教。

我十七岁入杭州浙江第一师范，廿岁②毕业以后没有升学。我受中等学校以上学校教育，只此五年。这五年间，弘一法师，那时称为李叔同先生，便是我的图画音乐教师。图画音乐两科，在现在的学校里是不很看重的；但是奇怪得很，在当时我们的那间浙江第一师范里，看得比英、国、算还重。我们有两个图画专用的教室，许多石膏模型，两架钢琴，五十几架

---

① 本篇原载《京沪周刊》1948年12月12日第2卷第99期。

② 作者22岁毕业于浙江省立第一师范学校。

风琴。我们每天要花一小时去练习图画，花一小时以上去练习弹琴。大家认为当然，恬不为怪，这是什么原故呢？因为李先生的人格和学问，统制了我们的感情，折服了我们的心。他从来不骂人，从来不责备人，态度谦恭，同出家后完全一样；然而个个学生真心的怕他，真心的学习他，真心的崇拜他。我便是其中之一人。因为就人格讲，他的当教师不为名利，为当教师而当教师，用全副精力去当教师。就学问讲，他博学多能，其国文比国文先生更高，其英文比英文先生更高，其历史比历史先生更高，其常识比博物先生更富，又是书法金石的专家，中国话剧的鼻祖。他不是只能教图画音乐，他是拿许多别的学问为背景而教他的图画音乐。夏丏尊先生曾经说："李先生的教师，是有后光的。"像佛菩萨那样有后光，怎不教人崇拜呢？而我的崇拜他，更甚于他人。大约是我的气质与李先生有一点相似，凡他所欢喜的，我都欢喜。我在师范学校，一二年级都考第一名；三年级以后忽然降到第二十名，因为我旷废了许多师范生的功课，而专心于李先生所喜的文学艺术，一直到毕业。毕业后我无力升大学，借了些钱到日本去游玩，没有进学校，看了许多画展，听了许多音乐会，买了许多文艺书，一年后回国，一方面当教师，一方面埋头自习，一直自习到现在，对李先生的艺术还是迷恋不舍。李先生早已由艺术而升华到宗教而成正果，而我还彷徨在艺术宗教的十字街头，自己想想，真是一个不肖的学生。

他怎么由艺术升华到宗教呢？当时人都诧异，以为李先生受了什么刺激，忽然"遁入空门"了。我却能理解他的心，我认为他的出家是当然的。我以为人的生活，可以分作三层：一是物质生活，二是精神生活，三是灵魂生活。物质生活就是衣食。精神生活就是学术文艺。灵魂生活就是宗教。"人生"就是这样的一个三层楼。懒得（或无力）走楼梯的，就住在第一层，即把物质生活弄得很好，锦衣玉食，尊荣富贵，孝子慈孙，这样就满足了。这也是一种人生观。抱这样的人生观的人，在世间占大多数。其次，高兴（或有力）走楼梯的，就爬上二层楼去玩玩，或者久居在里头。这就是专心学术文艺的人。他们把全力贡献于学问的研究，把全心寄托于文艺的创作和欣赏。这样的人，在世间也很多，即所谓"知识分子"，"学者"，"艺术家"。还有一种人，"人生欲"很强，脚力很大，对二层楼还不满足，就再走楼梯，爬上三层楼去。这就是宗教徒了。他们做人很认真，满足了"物质欲"还不够，满足了"精神欲"还不够，必须探求人生的究竟。他们以为财产子孙都是身外之物，学术文艺都是暂时的美景，连自己的身体都是虚幻的存在。他们不肯做本能的奴隶，必须追究灵魂的来源，宇宙的根本，这才能满足他们的"人生欲"。这就是宗教徒。世间就不过这三种人。我虽用三层楼为比喻，但并非必须从第一层到第二层，然后得到第三层。有很多人，从第一层直上第三层，并不需要在第二层勾留。还有许多人连第一层也不住，一口气跑上三层楼。不过我们的弘一法师，是一层一层的走上去的。弘一法师的"人生欲"非常之强！他的做人，一定要做得彻底。他早年对母尽孝，对妻子尽爱，安住在第一层楼中。中年专心研究艺术，发挥多方面的天才，便是迁居在二层楼了。强大的"人生欲"不能使他满足于二层楼，于是爬上三层楼去，做和尚，修净土，研戒律，这是当然的事，毫不足怪的。做人好比喝酒：酒量小的，喝一杯花雕酒已经醉了，酒量大的，喝花雕嫌淡，必须喝高粱酒才能过瘾。文艺好比是花雕，宗教好比是高粱。弘一法师酒量很大，喝花雕不能过瘾，必须喝高粱。我酒量很小，只能喝花雕，难得喝一口高粱而已。但喝花雕的人，颇能理解喝高粱者的心。故我对于弘一法师的由艺术升华到宗教，一向认为当然，毫不足怪的。

艺术的最高点与宗教相接近。二层楼的扶梯的最后顶点就是三层楼，所以弘一法师由艺术升华到宗教，是必然的事。弘一法师在闽中，留下不少的墨宝。这些墨宝，在内容上是宗教的，在形式上是艺术的——书法。闽中人士久受弘一法师的熏陶，大都富有宗教信仰及艺术修养。我这初次入闽的人，看见这情形，非常歆羡，十分钦佩！

前天参拜南普陀寺，承广洽法师的指示，瞻观弘一法师的故居及其手种杨柳，又看到他所创办的佛教养正院。广义法师要我为养正院书联，我就集唐人诗句："须知诸相皆非相，能使无情尽有情"，写了一副。这对联挂在弘一法师所创办的佛教养正院里，我觉得很适当。因为上联说佛经，下联说艺术，很可表明弘一法师由艺术升华到宗教的意义。艺术家看见花笑，听见鸟语，举杯邀明月，开门迎白云，能把自然当作人看，能化无情为有情，这便是"物我一体"的境界。更进一步，便是"万法从心"、"诸相非相"的佛教真谛了。故艺术的最高点与宗教相通。最高的艺术家有言："无声之诗无一字，无形之画无一笔。"可知吟诗描画，平平仄仄，红红绿绿，原不过是雕虫小技，艺术的皮毛而已。艺术的精神，正是宗教的。古人云："文章一小技，于道未为尊。"又曰："太上立德，其次立言。"弘一法师教人，亦常引用儒家语："士先器识而后文艺。"所谓"文章","言","文艺",便是艺术，所谓"道","德","器识"，正是宗教的修养。宗教与艺术的高下重轻，在此已经明示；三层楼当然在二层楼之上的。

我脚力小，不能追随弘一法师上三层楼，现在还停留在二层楼上，斤斤于一字一笔的小技，自己觉得很惭愧。但亦常常勉力爬上扶梯，向三层楼上望望。故我希望：学宗教的人，不须多花精神去学艺术的技巧，因为宗教已经包括艺术了。而学艺术的人，必须进而体会宗教的精神，其艺术方有进步。久驻闽中的高僧，我所知道的还有一位太虚法师。他是我的小同乡，从小出家的。他并没有弄艺术，是一口气跑上三层楼的。但他与弘一法师，同样地是旷世的高僧，同样地为世人所景仰。可知在世间，宗教高于一切。在人的修身上，器识重于一切。太虚法师与弘一法师，异途同归，各成正果。文艺小技的能不能，在大人格上是毫不足道的。我愿与闽中人士以二法师为模范而共同勉励。

《弘一大师全集》序①

刘绵松居士自闽南来信，说近辑弘一大师全集，要我写一篇序文。词意非常诚恳，使我不能推却。法师圆寂后，我关于法师只写过一篇《为青年说弘一法师》，登在开明书店的《中学生》杂志上。此外并未写过一个字。因为关于这样崇高伟大的人格，我只能零零星星地为小朋友们说说，却不敢总括地赞一词。现在刘居士要我为全集写序，便是强我总括地赞词。我踌躇了很久，方才动笔，勉强来赞"一词"：我崇仰弘一法师，为了他是"十分像人的一个人"。凡做人，在当初，其本心未始不想做一个十分像"人"的人；但到后来，为环境，习惯，物欲，妄念等所阻碍，往往不能做得十分像"人"。其中九分像"人"，八分像"人"的，在这世间已很伟大；七分像"人"，六分像"人"的，也已值得赞誉；就是五分像"人"的，在最近的社会里也已经是难得的"上流人"了。像弘一法师那样十分像"人"的人，古往今来，实在少有。所

---

① 《弘一大师全集》后来终于未曾出版。此"序"据作者手稿。

以使我十分崇仰。至于怎样十分像"人"，有这全集表明，不须我再多费词了。我自己，也是一个心想做到十分，而实际上做得没有几分像"人"的人，所以对于弘一法师这样崇高伟大的人格，实在不敢赞一词。这篇序文，只能算是不赞词的赞词。

　　　　　　　　　　　　弘一法师生西五周年纪念日于杭州。

《前尘影事集》序^①

先师李叔同先生，为中国西洋画、西洋音乐、及话剧之首先创导者。清末留学日本，入东京美术专门学校及音乐专门学校；又在东京办春柳剧社，自饰茶花女。归国后，编《太平洋画报》，复于南京高等师范及浙江两级师范教授洋画、洋乐；春柳剧社亦移入中国，为后来话剧进步发达之起点。先生于中国新艺术界之贡献，至多至大。三十九岁削发为僧，六十四岁圆寂于福建之泉州。人皆知弘一法师为现代律宗唯一之高僧，而不知此苦行头陀乃中国新时代艺术之急先锋也。

先生不但精通西洋艺术，于中国文学亦复深造。书法之工，世所共仰。而诗词歌赋之清新隽逸，尤为晚清诸家所望尘莫及。顾所作极少；且不喜发表。故世间知闻极少。先生剃度前数日，曾将平生所作，手书一卷，入山前夕，以此手卷授余，曰："此前尘影事，子姑存之，藉留遗念云尔。"余谨受之，珍藏于石门

① 《前尘影事集》（李叔同著，丰子恺编写）系 1949 年 7 月上海康乐书店出版。原书还有他人序，此序原题为"序一"。

163

湾缘缘堂。廿六（1937）年日寇侵华，以迂回战袭击石门湾。余仓皇出奔，仅以身免。缘缘堂被焚，前尘影事诗词稿与堂同归于尽。余迤逦西奔，入万山中。每念此卷，不胜怅惜。全卷诗词共二十四首。余能背诵者仅及其半耳。惜哉！

胜利后四年，余南游泉州，谒先师往生之处。当地一居士，出《小说世界》一册示余，谓有缘缘堂藏弘一法师在俗时所作诗词。余展阅之，赫然原稿，乃照相版缩印者。恍忆此卷被焚前某年，友人编《小说世界》，曾向余借此卷去，照相制版后即归还缘缘堂。幸有此事，今日余得重睹此手卷之面影，诚为一大胜缘！顾此二十年前之杂志，今世保存者极少，不易求得。余亟向居士借钞全稿，携归上海。虽非复先师亲笔，亦聊可慰十余年来怅惜之情耳。

上海解放后，学友张生心逸因缘同里，见余所钞藏之前尘影事卷深为宝爱。盖张生酷爱文艺，于弘一法师尤深钦仰。即持去制版，将以流通于世。嘱序于余，因记其因缘如上。

夫民主革命，夷阶级，就平等；去虚伪，见大真，与佛法之普渡众生，斥妄显正，实为同源共流。第所流之深浅远近各有不同耳。故集所载，虽属旧时代作风，亦可以窥见弘一法师由艺术转入宗教之步骤，由小我进于大我之痕迹。读者勿视为士大夫阶级之笔墨游戏，斯可矣。

一九四九年六月二十日石门丰子恺记于上海。

《护生画三集》序①

弘一法师五十岁时（民十八年）与我同住上海居士林，合作《护生画初集》，共五十幅。我作画，法师写诗。法师六十岁时（一九三九年）住福建泉州，我避寇居广西宜山。我作《护生画续集》，共六十幅，由宜山寄到泉州去请法师书写。法师从泉州来信云："朽人七十岁时，请仁者作《护生画》第三集，共七十幅；八十岁时，作第四集，共八十幅；九十岁时，作第五集，共九十幅；百岁时，作第六集，共百幅。《护生画》功德于此圆满。"那时寇势凶恶，我流亡逃命，生死难卜，受法师这伟大的嘱咐，惶恐异常。心念即在承平之世，而法师住世百年，画第六集时我应当是八十二岁。我岂敢希望这样的长寿呢？我覆信说："世寿所许，定当遵嘱。"

后来我又从宜山逃到贵州遵义，再逃到四川重庆。而法师于六十四岁在泉州示寂。后三年，日寇投降，我回杭州。又后三年，即今年春，我游闽南，赴

① 载《觉有情》半月刊1949年12月1日第10卷第6期，题为"序一"，署名丰子恺。本篇浙版《丰子恺文集》未收。

泉州谒弘一法师示寂处。泉州诸大德热烈欢迎，要我坐在他生西的床上拍一张照相。有一位居士拿出一封信来给我看，是当年我寄弘一法师，而法师送给这位居士的。"世寿所许，定当遵嘱。"——赫然我亲笔也。今年正是法师七十岁之年。我离泉州到厦门，就在当地借一间屋，闭门三个月，画成《护生画》第三集共七十幅。四月初，亲持画稿，到香港去请叶恭绰先生写诗。这是开明书店章锡琛先生的提议。他说弘一法师逝世后，写护生诗的惟叶老先生为最适宜。我去信请求，叶老先生覆我一个快诺。我到香港住二星期，他已把七十页护生诗文完全写好。我挟了原稿飞回上海，正值上海解放之际。我就把这书画原稿交与大法轮书局苏慧纯居士去付印。——以上是《护生画》三集制成的因缘与经过。

以下，关于这集中的诗，我要说几句话：

这里的诗文，一部分选自古人作品，一部分是我作的。第一、第二两集，诗文的作与写都由弘一法师负责，我只画图（第二集中虽有许多是我作的，但都经法师修改过）。这第三集的诗文，我本欲请叶恭绰先生作且写。但叶老先生回我信说，年迈体弱（他今年六十九岁），用不得脑，但愿抄写，不能作诗。未便强请，只得由我来作。我不善作诗，又无人修改，定有许多不合之处。这点愚诚，要请读者原谅。

复次：这集子里的画，有人说是"自相矛盾"的。劝人勿杀食动物，劝人吃素菜。同时又劝人勿压死青草，勿剪冬青，勿折花枝，勿弯曲小松。这岂非"自相矛盾"？对植物也要护生，那么，菜也不可割，豆也不可采，米麦都不可吃，人只得吃泥土砂石了！泥土砂石中也许有小动植物，人只得饿死了！——曾经有人这样质问我。我的解答如下：

护生者，护心也（初集马一浮先生序文中语）。去除残忍心，长养慈悲心，然后拿此心来待人处世。——这是护生的主要目的。故曰：护生者，护心也。详言之：护生是护自己的心，并不是护动植物。再详言之，残杀动植物这种举动，足以养成人的残忍心，而把这残忍心移用于同类的人。故护生实在是为人生，不是为动植物。普劝世间读此书者，切勿拘泥字面。倘拘泥字面，而欲保护一切动植物，那么，你开水不得喝，饭也不得吃。因为用放大镜看，一滴水中有无数微生虫和细菌。你烧开水烧饭时都把它们煮杀了！开水和饭都是荤的！故我们对于动物的护生，即使吃长斋，也是不彻底，也只是"眼勿见为净"，或者"掩耳盗铃"而已。然而这种"掩耳盗铃"，并不是伤害我们的慈悲心，即并不违背"护生"的主要目的，故正是正当的"护生"。至于对植物呢，非不得已，非必要，亦不可伤害。因为非不得已、非必要而无端伤害植物（例如散步园中，看见花草随手摘取以为好玩之类），亦足以养成人的残忍心。此心扩充起来，亦可以移用于动物，乃至同类的人。割稻、采豆、拔萝卜、掘菜，原来也是残忍的行为。天地创造这些生物的本意，决不是为了给人割食。人为了要生活而割食它们，是不得已的，是必要的，不是无端的。这就似乎不觉得残忍。只要不觉得残忍，不伤慈悲，我们护生的主要目的便已达到了，故我在这画集中劝人素食，同时又劝人勿伤害植物，并不冲突，并不矛盾。

英国文学家萧伯纳是提倡素食的。有一位朋友质问他："假如我不得已而必须吃动物，怎么办呢？"萧翁回答他说："那么，你杀得快，不要使动物多受苦痛。"这话引起了英国素食主义者们的不满，大家攻击萧伯纳的失言。我倒觉得很可原谅。因为我看重人。我的提倡护生，不是为了看重动物的性命，而是为了着重人的性命。假如动物毫无苦痛而死，人吃它的三净肉，其实并不是残忍，并不妨害慈悲。不过"杀得快"三字，教人难于信受奉行耳。由此看来，萧伯纳的护生思想，比我的护生思想更不拘泥，更为广泛。萧伯纳对于人，比我更加看重。"众生平等，皆具佛性"，在严肃的佛法理论说来，我们这种偏重人的思想，是不精深的，是浅薄的，这点我明白知道。但我认为佛教的不发达、不振作，是为了教义太严肃、太精深，使末劫众生难于接受之故。应该多开方便之门，多多通融，由浅入深，则宏法的效果一定可以广大起来。

由我的护生观，讲到我的佛教观。是否正确，不敢自信。尚望海内外大德有以见教。

民国三十八年六月于上海

拜观《弘一法师摄影集》后记①

　　谢志学居士珍藏弘一法师的照片，从法师少年时代起，一直到出家，圆寂，一共有数十张。他把这些照片依年代顺序编成一本册子，有一天拿来给我看，要我替这册子写一点感想。我本来早有感想。因为其中一部分照片，曾经是我所珍藏的。

　　三十多年前，法师出家前若干天，把许多书物送给我。其中有一包是照片。我打开一看，有少年人，有壮年人，有穿袍褂的，还有女的和扮演京戏的……。我不能辨别哪几个是法师自己的像，曾经拿了这一包照片去问他。法师带着轻蔑的，空虚的，玩耍似的笑声，把照片一张一张地说明："这是我年青时照的。""这是我初到上海时，穿了上海最时髦的一字襟背心而照的。""这是我在东京时照的。""这是我和东京美术学校里一位印度同学交换了服装而照的。""这是我演京戏《白水滩》时照的。""这是祭孔子时穿了古装而照的。""这是我假扮上海女郎，穿了当时最摩

① 本篇原载《觉有情》1950 年 3 月 30 日第 11 卷第 3 期。

登的女装而照的。""这是我演话剧，扮茶花女时照的。那腰身束得非常之细呢，哈哈哈哈！"这笑声又好像是在笑另外一个人。……不久法师出家了。我把照片拿回家中保藏。许多亲友来借看。看过之后，大都摇摇头说："这是一个无所不为的人！"有的人说："他做和尚，怕不久要还俗的呢！"

这包照片一直保藏在我家。抗战事起，我家石门湾缘缘堂，被日本兵烧毁。这包照片也被烧毁在内。（但有乡亲说，我出走后，日本兵先把我家中书物搬空，然后放火烧屋。如果这样，这包照片也许还在人间。）我流亡在大后方，想起了这包照片，常恨走得太匆促，懊悔没有把它拿出。我在大后方住了数年之后，有一天接到天津某居士的信，内附照片一套，正是法师给我的那一套。我看了信，方知这套照片保藏在缘缘堂的期间，曾经一度借给天津某居士。这位居士把它们复制了，把原片寄还我。这件事我已经忘记，经他提出我方才忆及。他在报纸上看见我追悼缘缘堂的文章，知道我已失去那套照片，特地拿他所保藏的底片重印一套，寄送给我。失而复得，我很庆幸。我前次把它们出借，似乎是出于灵感的！据这位居士信上说，他曾经重印许多套，遍赠同志。现在谢志学居士所宝藏的，我不知道他从何处得来，但料想是与天津某居士的复制品有关。因为我并未借给第二人去复制。不过谢居士又把它们放大精印。所以其来源虽然在于我家，但比我家原来所藏的更好。且我家所藏，止于出家前的照片。从出家到圆寂这廿几年间的种种照片是谢居士另行搜求来的。天津某居士寄到大后方来赠我的那套照片，我已经转送他人。因为我自从缘缘堂被毁以来，深感收藏的虚空，同人生一样虚空。所以每逢有人送我珍贵的东西，我一定转送给相当的朋友。我自己片纸也不收藏了。所以这次谢居士拿这照片册子给我看，我久不看见，从前看时那种感想，从新活跃起来。现在就略写些在上面：

看了这套照片，想见弘一法师的生活异常丰富。世间多数人的生活是平凡的，农家的人一辈子做农，工家的人一辈子做工，商家的人一辈子做商，……我们的法师的一生，花样繁多：起初做公子哥儿，后来做文人，做美术家，做音乐家，做戏剧家，做编辑者，做书画家，做教师，做道家，最后做和尚。浅见的人，以为这人"好变"，"没长心"，所以我乡某亲友说，"他做和尚不久要还俗的。"我的感想，他"好变"是真的：他具有多方面的天才，他的好变是当然的。全靠好变，方得尽量发挥他各方面的天才，而为文艺教育界作不少的榜样，增不少的光彩。然而他变到了和尚，竟从此不变了。他三十九岁做和尚，六十四岁圆寂。他做和尚的期间，有二十五年。算他十四岁出场吧，那么他做其他种种花样的期间，也是二十五年。为什么前头的二十五年这样"好变"，这样"没长心"，而后面的二十五年这样"不变"，这样"有长心"呢？可见在他看来，做和尚比做其他一切更看意思。换言之，佛法比文艺教育更有意思，最崇高，最能够满足他的"人生欲"。所以他碰到佛法便叹为观止了。料他"不久要还俗"的朋友，现在大约也能相信我这句话："佛法最崇高。"

看了这一套照片，使人猛悟人生的无常。李先生是银行家的儿子，幼年时曾经尊荣富厚。李先生是沪学会、南社的巨子，少年时曾经驰誉文坛。李先生是中国最早研究洋乐洋画和话剧的新艺术家，壮年时曾经蜚声艺苑。李先生是中国最早的艺术教师，中年时曾经有过决不止三千的门墙桃李。他曾经用苦功弹钢琴，用苦功写魏碑，用苦功作诗文。料想他在当时一定对每一种东西热中，为每一种东西兴奋，而尝到每一种东西的甘味。然而这些东西都像甘蔗，尝完了甘味之后，剩下来的只是渣滓，使他不得不唾弃，而另找永久的"法味"。看了李先生一生的照片之后，可知号称"不朽"的文艺，也只有一时之荣，何况世间其他的"名利恭敬"呢？人生一切是无常的！能够看透这个"无常"，人便可以抛却"我利私欲"的妄念，而安心立命地、心无挂碍地、勇猛精进地做个好人。所以佛法决不是消极的！所以佛法最崇高！

（1949—1950年）

《海潮音歌集》序①

　　佛青少年部刊印海潮音歌集，嘱作序言。我对佛教音乐并无深刻研究，没有什么话可说；关系较切的刘质平先生远在福建，少年部诸同志因时间匆促，未能请刘先生作序，希望我写一点，我只能就所知略为读者介绍。

　　昔年弘一大师与刘质平先生合作《清凉歌集》，大师作词，质平谱曲，开明书店出版，这是抗战以前的事。抗战时，该版毁于炮火，迄未重印。佛教徒欲歌颂如来的无量功德，而缺乏歌曲，诚为弘法上一大憾事。现在佛青少年部诸同志把清凉歌集中的歌曲从新排印，复加以其他名家所作的佛化歌曲，汇成一册，使佛教徒能欣赏吟味弘一大师出家后的音乐制作，以及颂赞佛的智慧光明，于艺术，于宗教均可得很大的启示，这确是一件胜事！

　　自来宗教与音乐有密切的关系，欧洲中世纪音乐，全部是歌颂基督教的，就是现在，基督教音乐还

---

① 本篇浙版七卷本《丰子恺文集》未收。

是普遍流行；而佛教传入中国数千年，与中国音乐不发生很深的关系，这恐是佛教不发达的原因之一。少年部诸君刊印这歌集，我相信对于佛教必有助转法轮的功效，是为小序。

1950年9月7日于上海

回忆李叔同先生[1]

　　距今七十七年前，即前清光绪九年，公历一八八〇年，阴历九月二十日，天津河东地藏前姓李的人家诞生了一位大艺术家。他首先把西洋艺术介绍到中国来，在中国美术史、音乐史、戏剧史上都开辟了一个新纪元。

　　这位大艺术家姓李，名叔同，字息霜。他的父亲名筱楼，是从事银钱业的。他出生的时候，父亲已经六十八岁，母亲是侧室，还只二十多岁。这个老父和少母所生的孩子，头脑异常聪明，具有文学、绘画、书法、金石、音乐、戏剧等各方面的天才。他弱冠时代陪了母亲从天津迁居上海（那时他的父亲早已逝世），就在那时上海（南社，沪学会时代）的文坛上显露头角，应征的文章总是名列第一。不久他的母亲在沪逝世，他就游学日本，入东京上野美术学校西洋画科，一方面研究钢琴音乐和作曲，同时又在东京创办一个话剧团，叫做春柳剧社。他自己担任演员，曾经

① 　载 1956 年 10 月 6 日《天津日报》，署名丰子恺。本篇浙版《丰子恺文集》未收。

扮演《黑奴吁天录》中的爱美柳夫人及《茶花女遗事》中的茶花女。关于春柳剧社的情况，现在北京的欧阳予倩先生详细知道。

李先生回国以后，先在他的故乡天津担任天津工业专门学校教师。后来重到上海，担任太平洋报的文艺编辑，主编该报的副刊太平洋画报；同时又与柳亚子先生等创办"文美会"，主编文美杂志。这期间的情况，现在北京的柳亚子先生一定知道得更多。后来，李先生脱离了编辑界，担任杭州浙江两级师范学校的美术音乐教师；后来又兼任南京高等师范的美术音乐教师。这时候他家住上海，家里只有一位日本夫人。他自己两个星期在南京，两个星期在杭州，上海的家就像旅途息足的长亭。我就是他的杭州师范的学生。我看到他的时候，他已经由翩翩的艺术家一变而为朴素的教师。他已经不穿洋装，而穿灰色粗布袍子和黑布马褂；已经不戴金丝边眼镜，而戴钢丝边眼镜。只有身边一只金表，还是当美术家、音乐家、演剧家、文学家时代的旧物，常常躺在音乐教室中的钢琴头上发出闪烁的光彩，仿佛向我们报道这位严肃的音乐教师过去在艺术上的辉煌的成就。他真是一位严肃的教师：教课非常热心，对学生的美术、音乐修养的要求甚高。因此，南京高师和浙江师范两校曾经造就不少的艺术天才，后来这些人在全国各处宣扬艺术文化。

李先生全心全意地当了六七年美术、音乐教师之后，在三十九岁上，到西湖虎跑寺去做了和尚，法名演音，号弘一。于是李先生一变而为弘一法师。弘一法师最初修净土宗，后来转入佛教中最艰苦的律宗。起初他在虎跑寺修持，后来云游各地，足迹大都在浙南和闽南等处。他自从出家之后，就屏除"声色"（指音乐、美术等），一心念佛，直到六十三岁（一九四二年）阴历九月初四日在泉州圆寂为止。在这二十多年的僧腊期间，弘一法师飞锡芒鞋，三衣一钵，完全是一个苦行头陀。看到他的人，谁也不能相信这双手曾经挥油画笔、弹披亚娜，谁也不相信这个腰曾经给束小了扮茶花女。然而过去的艺术心和美欲终于没有完全熄灭，常常在他所写的佛号或经文中透露出来。这些佛号和经文，笔致非常秀雅，行间布局非常匀称，简直每一幅是一件精良的艺术品。这些艺术品流传于世的很多，识者都懂得珍藏。绘画美、音乐美、文学美和戏剧美，仿佛综合起来，经过了一番锤炼，结晶化在这些书法中了！

欧化东渐的时候，第一个出国去学习西洋绘画、西洋音乐和戏剧的，是李叔同先生。第一个把油画、钢琴音乐和话剧介绍到中国来的，是李叔同先生。李先生的油画宗米叶（Millet）一派，略带印象派色调；他所作的乐曲旋律优美，歌词典雅，正如他的"音乐序"中所说："陶冶性情，感精神之粹美。"可惜他的油画作品和音乐作品都不很多，加之当时印刷术幼稚，艺术空气稀薄，所以流传不广，一经散失，就少有人知道。他从事演剧的时间不长，只限于在东京的时候，回国后就不再粉墨登台。然而他的演剧才能是极丰富的。当时日本的"芝居杂志"（即戏剧杂志）中曾经有一个叫做松居松翁的日本人写一篇文章，其中有这样的话："中国的俳优，使我佩服的，便是李叔同君。他在日本时，虽然只是一位留学生，但他所组织的'春柳社'剧团在乐座上演'椿姬'（即茶花女——丰注——）一剧，实在非常好。不，与其说是这个剧团好，宁可说是这位饰椿姬的李君演得非常好。……李君说的优美婉丽，决非日本的俳优所能比拟。"（见林子青编《弘一大师年谱》第三十页。）春柳剧社是中国话剧的始基。当时上海市通志馆期刊第二年第三期上曾经登载一篇"春柳剧场开幕宣言"。宣言中说："……民国三年四月十五日，春柳剧场假南京路外滩谋得利幕。……溯自乙巳丙午间，曾存吴、李叔同、谢抗白、李涛痕等，留学扶桑，慨祖国文艺之堕落，亟思有以振之；顾数人之精力有限，而文艺之类别綦繁，兼营并失，不如一志而冀有功。于是春柳社遂出现于日本东京，是为我国之研究新戏之始，前此未曾有也。未几，徐淮告灾，消息至海外，同人演巴黎茶花女遗事，集资赈之。日人惊为创举，啧啧称道，新闻纸亦多谀词。是年夏，休业多暇，相与讨论进行之法，推李叔同、曾存吴主社事，得欧阳予倩等社员。次年春，春阳社发现于上海，同人庆祖国响应有人，益不敢自菲薄，谋所以扩大之。"（见《弘一大师年谱》第三十一页。）由此可知李叔同先生从事演剧的时间虽然不长，但他在中国话剧创作上的贡献却是很大。饮水思源，我们的文艺界怎能不纪念李叔同先生呢？

李叔同先生逝后，不，弘一法师圆寂后，他的灵骨搁在西湖上的虎跑寺里。一九五四年，我和章雪村、叶圣陶、钱君匋诸君各舍净财，替他埋葬在虎跑寺后面的山坡上，在上面建立了一座石塔。至今春秋祭扫者不绝。

《弘一大师纪念册》序言①

　　弘一法师逝世十五周年纪念，广洽法师辑集有关弘一法师在家时热心文教工作之论著，刊纪念册，嘱序于予。予欣然执笔，述所感如下：五十年前，弘一法师首先介绍话剧、油画及钢琴音乐入中国，复身任教师，多年执教鞭于南京高等师范及杭州两级师范，为中国教育界造就图画音乐教师甚众，至不惑之年，始披剃入山，潜心佛法，直至圆寂。此乃以精力旺盛之前半生贡献于文教，而以志行圆熟之后半生归命于佛法，一生而兼二生之事业也。然不论事业之入世与出世，弘一法师均以一贯之热诚，竭尽心力而从事，故其成就同一精深，同一博大，令人企念高风，永不能忘。弘一法师所首先介绍入中国之西洋文艺，恭扬者甚众；而对弘一法师之教育精神，注意者殊少。广洽法师于海外纠集同仁，创办学校，热心青年教育，此正弘一法师之遗志，亦最隆重，最生动，最永久之纪念建设也。今复刊行此册，使文教同仁及青年学子

---

①　1957 年 10 月 13 日新加坡薝葡院初版。

咸仰弘一法师之事业与精神，共相勉励，于当地文教界当有莫大之贡献，诚盛举也！是为序。

一九五七年大暑丰子恺记于日月楼。

中国话剧首创者李叔同先生①

　　话剧家徐半梅先生告诉我，说明年是中国话剧创行五十周年纪念。他要我物色中国话剧首创者李叔同先生的戏装照片。我答允他一定办到。我虽然不会话剧，却知道李叔同先生。所以想在五十周年纪念的前夕说几句话，作为预祝。

　　李叔同先生，是我在杭州浙江两级师范的美术音乐教师。我毕业的一年，亲送他进西湖虎跑寺出家为僧，此后他就变成了弘一法师。弘一法师卅九岁上出家为僧，专修净土宗和律宗二十余年，六十三岁（一九四二）上在福建泉州逝世。他出家以前是一位艺术家，今略叙其生平如下：

　　李先生于光绪九年（一八八〇）阴历九月二十日生于天津。父亲是从事银钱业的，六十八岁上才生他。母亲是侧室，生他的时候还只二十多岁。不久父亲逝世。他青年时候奉母迁居上海，曾入南洋公学，从蔡元培先生受业，与邵力子、谢无量先生等同学。同时

----

① 本篇原载上海《文汇报》1956 年 11 月 3 日。

参加沪学会、南社。所发表的文章惊动上海文坛。他后来所作的《金缕曲》中所谓"二十文章惊海内，毕竟空谈何有"，便是当时的自述。不久母亲逝世，他就东游日本，入东京美术学校研习油画，又从师研习钢琴音乐，同时又在东京创办"春柳剧社"；共事者有曾存吴、欧阳予倩、谢抗白、李涛痕等。所演出的话剧有《黑奴吁天录》、《茶花女遗事》、《新蝶梦》、《血蓑衣》、《生相怜》等。李叔同先生自己扮演旦角：《黑奴吁天录》中的爱美柳夫人及《茶花女遗事》中的茶花女。

这时候中国还没有话剧。李先生在东京创办春柳剧社，是中国人演话剧的开始。据我所知，他在东京时为了创办话剧社，曾经花了不少钱。他父亲给他的遗产不下十万元，大半是花在美术音乐研究和话剧创办上的。后来李先生回国，春柳剧社也迁回中国。但他回国后不再粉墨登场，先在故乡天津担任工业专门学校教师，后来又回到上海，担任《太平洋报》文艺编辑，转任南京高等师范和杭州浙江两级师范美术音乐教师。春柳社在中国演出时，上海市通志馆期刊第二年第三期上曾经登载一篇《春柳剧场开幕宣言》，宣言中说："民国三年四月十五日，春柳剧社假南京路外滩谋得利开幕。……溯自乙巳、丙午间，曾存吴、李叔同、谢抗白、李涛痕等，留学扶桑，慨祖国文艺之堕落，亟思有以振之，顾数人之精力有限，而文艺之类别綦繁。兼营并失，不如一志而冀有功。于是春柳社出现于日本之东京。是为我国人研究新戏之始，前此未尝有也。未几，徐淮告灾，消息传至海外，同人演巴黎茶花女遗事，集资赈之。日人惊为创举，啧啧称道，新闻纸亦多谀词。是年夏，休业多暇，相与讨论进行之法，推李叔同、曾存吴主社事，得欧阳予倩等为社员。次年春，春阳社发现于上海，同人庆祖国响应有人，益不敢自菲薄，谋所以扩大之。……"这便是五十年前的中国话剧界情况。

李先生虽然回国后不再演剧，但他对剧艺富有研究，为欧阳予倩先生所称道。他说："老实说，那时候对于艺术有见解的，只有息霜（李叔同先生的别号——丰注）。他于中国词章很有根柢，会画，会弹钢琴，字也写得好。……他往往在画里找材料，很注重动作的姿式。他有好些头套和衣服，一个人在房里打扮起来照镜子，自己当模特儿供自己研究，得了结果，就根据着这结果，设法到台上去演……"（见林子青编《弘一大师年谱》第二十七页。）因此他上台表演也非常出色，为日本人所赞誉。当时日本的（《芝居杂志》

（即戏剧杂志）中曾经登载日本人松居松翁[①]所写的一篇文章，其中说："中国的俳优，使我佩服的，便是李叔同君。当他在日本时，虽然仅是一位留学生，但他所组织的'春柳社'剧团，在乐座上演《椿姬》（即《茶花女》——丰注）一剧，实在非常好。不，与其说这个剧团好，宁可说就是这位饰椿姬的李君演得非常好。……李君的优美婉丽，决非日本的俳优所能比拟。"（见《弘一大师年谱》第三十页。）

这是我所知道的中国话剧首创者李叔同先生。话剧在中国已经创行了近五十年。在这期间，尤其是在解放后，由于许多话剧专家的研究改良，发扬光大，现在已经大大地进步，成为一种最有表现力、最容易感动人、最为全国人民所喜欢的艺术。然而饮水思源，我们不得不纪念它的首创者李叔同先生。五十年前，欧化东渐的时候，第一个出国去研习油画、西洋音乐和话剧的，是李叔同先生。第一个把油画，西洋音乐和话剧介绍到中国来的，是李叔同先生。只因他自己的油画和作曲不多，而且大都散失，又因为他自己从事话剧的时期不长，而且三十九岁上就屏除文艺，遁入空门，因此现今的话剧观者大都不知道李叔同先生，

---

① 松居松翁（1870-1933）是日本的剧作家。

所以我觉得有介绍的必要。

李先生的骨灰供在杭州西湖虎跑寺，十年不得安葬。前年，一九五四年，我和叶圣陶、章雪村、钱君匋诸君各舍净财，替他埋葬在虎跑寺后面的山坡上，又在上面建造一个石塔①，由黄鸣祥君监工，宋云彬君指导，请马一浮老先生题字，借以纪念这位艺僧。并且请沪上画家画了一大幅弘一法师遗像，又请好几位画家合作两巨幅山水风景画，再由我写一幅对联，挂在石塔下面的桂花厅上，借以装点湖山美景。（然而不知为什么，遗像早已被谁除去了。）为了造塔，黄鸣祥君向杭州当局奔走申请，费了不少的麻烦，好容易获得了建塔的许可。然而我们几个私人的努力，总是有限，不过略微保留一些遗念，仅乎使这位艺坛功人不致湮没无闻而已。这是西湖的胜迹，杭州的光荣！我很希望杭州当局能加以相当的注意、保护、表扬，所以乘此话剧五十周年纪念前夕，写这篇文章纪念李叔同先生，并且庆祝话剧艺术万岁！

一九五六年十月十六日于上海。

---

① 石塔于 1953 年秋筹建，1954 年 1 月 10 日举行落成典礼。

先器识而后文艺①

——李叔同先生的文艺观

李叔同先生，即后来在杭州虎跑寺出家为僧的弘一法师，是中国近代文艺的先驱者。早在五十年前，他首先留学日本，把现代的话剧、油画和钢琴音乐介绍到中国来。中国的有话剧、油画和钢琴音乐，是从李先生开始的。他富有文艺才能，除上述三种艺术外，又精书法，工金石（现在西湖西泠印社石壁里有"叔同印藏"），长于文章诗词。文艺的园地，差不多被他走遍了。一般人因为他后来做和尚，不大注意他的文艺。今年是李先生逝世十五周年纪念，又是中国话剧五十周年纪念，我追慕他的文艺观，略谈如下：

李先生出家之后，别的文艺都屏除，只有对书法和金石不能忘情。他常常用精妙的笔法来写经文佛号，盖上精妙的图章。有少数图章是自己刻的，有许多图

---

① 本篇原载《杭州日报》1957年4月19日。发表在《弘一大师纪念册》（1957年10月新加坡出版）上时，题名为《李叔同先生的文艺观——先器识而后文艺》。

章是他所赞善的金石家许霏（晦庐）刻的。他在致晦庐的信中说：

> 晦庐居士文席：惠书诵悉。诸荷护念，感谢无已。朽人剃染已来二十余年，于文艺不复措意。世典亦云："士先器识而后文艺"，况乎出家离俗之侣！朽人昔尝诫人云："应使文艺以人传，不可人以文艺传"，即此义也。承刊三印，古穆可喜，至用感谢……（见林子青编《弘一大师年谱》第二〇五页。）

这正是李先生文艺观的自述。"先器识而后文艺"，"应使文艺以人传，不可人以文艺传"，正是李先生的文艺观。

四十年前我是李先生在杭州师范①任教时的学生，曾经在五年间受他的文艺教育，现在我要回忆往昔。李先生虽然是一个演话剧，画油画，弹钢琴，作文，吟诗，填词，写字，刻图章的人，但在杭州师范的宿舍（即今贡院杭州一中）里的案头，常常放着一册《人谱》（明刘宗周著，书中列举古来许多贤人的嘉言懿行，凡数百条），这书的封面上，李先生亲手写着"身

---

① 杭州师范，指在杭州的浙江省立第一师范学校。

体力行"四个字，每个字旁加一个红圈，我每次到他房间里去，总看见案头的一角放着这册书。当时我年幼无知，心里觉得奇怪，李先生专精西洋艺术，为什么看这些陈猫古老鼠[①]，而且把它放在座右，后来李先生当了我们的级任教师，有一次叫我们几个人到他房间里去谈话，他翻开这册《人谱》来指出一节给我们看。

唐初，王（勃），杨，卢，骆皆以文章有盛名，人皆期许其贵显，裴行俭见之，曰：士之致远者，当先器识而后文艺。勃等虽有文章，而浮躁浅露，岂享爵禄之器耶……（见《人谱》卷五，这一节是节录《唐书·裴行俭传》的。）

他红着脸，吃着口（李先生是不善讲话的），把"先器识而后文艺"的意义讲解给我们听，并且说明这里的"贵显"和"享爵禄"不可呆板地解释为做官，应该解释道德高尚，人格伟大的意思。"先器识而后文艺"，译为现代话，大约是"首重人格修养，次重文艺学习"，更具体地说："要做一个好文艺家，必先做一个好人。"可见李先生平日致力于演剧、绘画、音乐、

---

① 陈猫古老鼠，作者家乡话，意即陈旧的东西。

文学等文艺修养，同时更致力于"器识"修养。他认为一个文艺家倘没有"器识"，无论技术何等精通熟练，亦不足道，所以他常诫人"应使文艺以人传，不可人以文艺传"。

我那时正热中于油画和钢琴的技术，这一天听了他这番话，心里好比新开了一个明窗，真是胜读十年书。从此我对李先生更加崇敬了。后来李先生在出家前夕把这册《人谱》连同别的书送给我。我一直把它保藏在缘缘堂中，直到抗战时被炮火所毁。我避难入川，偶在成都旧摊上看到一部《人谱》，我就买了，直到现在还保存在我的书架上，不过上面没有加红圈的"身体力行"四个字了。

李先生因为有这样的文艺观，所以他富有爱国心，一向关心祖国。孙中山先生辛亥革命成功的时候，李先生（那时已在杭州师范任教）填一曲慷慨激昂的《满江红》，以志庆喜：

> 皎皎昆仑，山顶月有人长啸。看叶底宝刀如雪，恩仇多少！双手裂开鼷鼠胆，寸金铸出民权脑。算此生不负是男儿，头颅好。荆轲墓，成阳道。聂政死，尸骸暴。尽大江东去，余情还绕。魂魄化成精卫鸟，血花溅作红心草。看从今

一担好河山，英雄造。（见《弘一大师年谱》第
三十九页。）

李先生这样热烈地庆喜河山的光复，后来怎么
舍得抛弃这"一担好河山"而遁入空门呢？我想，
这也仿佛是屈原为了楚王无道而忧国自沉吧！假定
李先生在"灵山胜会"上和屈原相见，我想一定拈
花相视而笑。

一九五七年清明过后于上海作。

李叔同先生的爱国精神①

　　三月七日的《文汇报》上载着黄炎培先生的一篇文章《我也来谈谈李叔同先生》。我读了之后，也想"也来谈谈"。今年正是弘一法师（即李叔同先生）逝世十五周年，我就写这篇小文来表示纪念吧。

　　黄炎培先生这篇文章里指出李叔同先生青年时代的爱国思想，并且附刊李叔同先生亲笔的自撰的《祖国歌》的图谱。我把这歌唱了一遍，似觉年光倒流，心情回复了少年时代。我是李先生任教杭州师范时的学生，但在没有进杭州师范的时候，早已在小学里唱过这《祖国歌》。我的少年时代，正是中国外患日逼的时期。如黄先生文中所说：一八九四年甲午之战败于日本，一八九五年割地赔款与日本讲和，一八九七年德占胶州湾，一八九八年英占威海卫，一八九九年法占广州湾，一九〇〇年八国联军占北京，一九〇一年订约赔款讲和。——我的少年时代正在这些国耻之后。那时民间曾经有"抵制美货"、"抵制日货"、"劝用国

――――――――――――
① 本篇原载《人民日报》1957 年 3 月 29 日。

货"等运动。我在小学里唱到这《祖国歌》的时候，正是"劝用国货"的时期。我唱到"上下数千年，一脉延，文明莫与肩；纵横数万里，膏腴地，独享天然利"的时候，和同学们肩了旗子排队到街上去宣传"劝用国货"时的情景，憬然在目。我们排队游行时唱着歌，李叔同先生的《祖国歌》正是其中之一。但当时我不知道这歌的作者是谁。

后来我小学毕业，考进了杭州师范，方才看见《祖国歌》的作者李叔同先生。爱国运动，劝用国货宣传，依旧盛行在杭州师范中。我们的教务长王更三先生是号召最力的人，常常对我们作慷慨激昂的训话，劝大家爱用国货，挽回利权。我们的音乐图画教师李叔同先生是彻底实行的人，他脱下了洋装，穿一身布衣：灰色云章布（就是和尚们穿的布）袍子，黑布马褂。然而因为他是美术家，衣服的形式很称身，色彩很调和，所以虽然布衣草裳，还是风度翩然。后来我知道他连宽紧带也不用，因为当时宽紧带是外国货。他出家后有一次我送他些僧装用的粗布，因为看见他用麻绳束袜子，又买了些宽紧带送他。他受了粗布，把宽紧带退还我，说："这是外国货。"我说："这是国货，我们已经能够自造。"他这才受了。他出家后，又有一次从温州（或闽南）写信给我，要我替他买些英国制的朱砂（Vermilion），信上特别说明：此虽洋货，但为宗教文化，不妨采用。因为当时英国水彩颜料在全世界为最佳，永不退色。他只有为了写经文佛号，才不得不破例用外国货。关于劝用国货，王更三先生现身说法，到处宣讲；李叔同先生则默默无言，身体力行。当时我们杭州师范里的爱国空气很浓重，正为了有这两位先生的缘故。王更三先生现在健在上海，一定能够回味当时的情况。

李叔同先生三十九岁上——这正是欧洲大战发生，日本提出二十一条，袁世凯称帝，粤桂战争，湘鄂战争，奉直战争，国内乌烟瘴气的期间——辞去教职，遁入空门，就变成了弘一法师。弘一法师剃度前夕，送我一个亲笔的自撰的诗词手卷，其中有一首《金缕曲》，题目是《将之日本，留别祖国，并呈同学诸子》。全文如下：

> 披发佯狂走。莽中原暮鸦啼彻几株衰柳。破碎河山谁收拾，零落西风依旧。便惹得离人消瘦。行矣临流重太息，说相思刻骨双红豆。愁黯黯，浓于酒。漾情不断淞波溜。恨年年絮飘萍泊，遮难回首。二十文章惊海内，毕竟空谈何有！听匣底苍龙狂吼。长夜凄风眠不得，度群生那惜心肝

剖！是祖国，忍孤负！

我还记得他展开这手卷来给我看的时候，特别指着这阕词，笑着对我说："我作这阕词的时候，正是你的年纪。"当时我年幼无知，漠然无动于衷。现在回想，这暗示着：被恶劣的环境所迫而遁入空门的李叔同先生的冷寂的心的底奥里，一点爱国热忱的星火始终没有熄灭！

在文艺方面说，李叔同先生是中国最早提倡话剧的人，最早研究油画的人，最早研究西洋音乐的人。去年我国纪念日本的雪舟法师的时候，我常常想起：在文艺上，我国的弘一法师和日本的雪舟法师非常相似。雪舟法师留学中国，把中国的宋元水墨画法输入日本；弘一法师留学日本，把现代的话剧、油画和钢琴音乐输入中国。弘一法师对中国文艺界的贡献，实在不亚于雪舟法师对日本文艺界的贡献！雪舟法师在日本有许多纪念建设。我希望中国也有弘一法师的纪念建设。弘一法师的作品、纪念物，现在分散在他的许多朋友的私人家里，常常有人来信问我有没有纪念馆可以交送，杭州的堵申甫老先生便是其一。今年是弘一法师逝世十五周年纪念，又是他所首倡的话剧五十周年纪念。我希望在弘一法师住居最久而就地出家的杭州，有一个纪念馆，可以永久保存关于他的文献，可以永久纪念这位爱国艺僧。

一九五七年三月十二日于上海作。

李叔同先生的教育精神[①]

在四十几年前，我做中小学生的时候，图画、音乐两科在学校里最被忽视。那时学校里最看重的是所谓英、国、算，即英文、国文、算术，而最看轻的是图画、音乐。因为在不久以前的科举时代的私塾里，画图儿和唱曲子被先生知道了要打手心的。因此，图画、音乐两科，在课程表里被认为一种点缀，好比中药方里的甘草、红枣；而图画、音乐教师在教职员中也地位最低，好比从前京戏里的跑龙套的。因此学生上英、国、算时很用心，而上图画、音乐课时很随便，把它当作游戏。

然而说也奇怪，在我所进的杭州师范里（即现在贡院前的杭州第一中学的校址），有一时情形几乎相反：图画、音乐两科最被看重，校内有特殊设备（开天窗，有画架）的图画教室，和独立专用的音乐教室（在校园内），置备大小五六十架风琴和两架钢琴。课程表里的图画、音乐钟点虽然照当时规定，并不增

---

① 本篇原载《杭州日报》1957 年 5 月 14 日。

多，然而课外图画、音乐学习的时间比任何功课都勤：下午四时以后，满校都是琴声，图画教室里不断的有人在那里练习石膏模型木炭画，光景宛如一艺术专科学校。

这是什么原故呢？就因为我们学校里的图画音乐教师是学生所最崇敬的李叔同先生。李叔同先生何以有这样的法力呢？是不是因为他多才多艺，能演话剧，能作油画，能弹贝多芬，能作六朝文，能吟诗，能填词，能写篆书魏碑，能刻金石呢？非也。他之所以能受学生的崇敬，而能使当时被看轻的图画音乐科被重视，完全是为了他的教育精神的关系：李叔同先生的教育精神是认真的，严肃的，献身的。

夏丏尊先生曾经指出李叔同先生做人的一个特点，他说："做一样，像一样。"李先生的确做一样像一样：少年时做公子，像个翩翩公子。中年时做名士，像个风流名士；做话剧，像个演员；学油画，像个美术家；学钢琴，像个音乐家；办报刊，像个编者；当教员，像个老师；做和尚，像个高僧。李先生何以能够做一样像一样呢？就是因为他做一切事都"认真地，严肃地，献身地"做的原故。

李先生一做教师，就把洋装脱下，换了一身布衣：灰色布长衫，黑布马褂，金边眼镜换了钢丝边眼镜。对学生态度常是和蔼可亲，从来不骂人。学生犯了过失，他当时不说，过后特地叫这学生到房间里，和颜悦色，低声下气的开导他。态度的谦虚与郑重，使学生非感动不可。记得有一个最顽皮的同学说："我情愿被夏木瓜骂一顿，李先生的开导真是吃不消，我真想哭出来。"原来夏丏尊先生也是学生所崇敬的教师，但他对学生的态度和李先生不同，心直口快，学生生活上大大小小的事情他都要管，同母亲一般爱护学生，学生也像母亲一般爱他，深知道他的骂是爱。因为他的头像木瓜，给他取个绰号叫做夏木瓜，其实不是绰号，是爱称。李先生和夏先生好像我们的父亲和母亲。

李先生上一小时课，预备的时间恐怕要半天，他因为要最经济地使用这五十分钟，所以凡本课中所必须在黑板上写出的东西，都预先写好。黑板是特制的双重黑板，用完一块，把它推开，再用第二块，上课铃没有响，李先生早已端坐在讲坛上"恭候"学生，因此学生上图画、音乐课决不敢迟到。往往上课铃未响，先生学生都已到齐，铃声一响，李先生站起来一鞠躬，就开始上课。他上课时常常看表，精密的依照他所预定的教案进行，一分一秒钟也不浪费。足见他备课是很费心力和时间的。

吃早饭以前的半小时，吃午饭至上课之间的三刻钟，以及下午四时以后直至黄昏就睡——这些都是图画音乐的课外练习时间。这两课在性质上都需要个别教学，所以学生在课外按照排定的时间轮流地去受教，但是李先生是"观音斋罗汉"，有时竟一天忙到夜。我们学生吃中饭和夜饭，至多只费十五分钟，因为正午十二点一刻至一点，下午六点一刻至七点，都是课外练习时间。李先生的中饭和夜饭必须提早，因为他还须对病发药地预备个别教授。李先生拿全部的精力和时间来当教师，李先生的教育精神真正是献身的！这样，学生安得不崇敬他，图画、音乐安得不被重视？！

　　李先生的献身的教育精神，还不止上述，夏丏尊先生曾经有一段使人吃惊的记述，现在就引证来结束我的话："我担任舍监职务，兼修身课，时时感觉对学生感化力不足。他（指李先生——丰注）教的是图画、音乐两科。这两种科目，在他未到以前，是学生所忽视的。自他任教以后，就忽然被重视起来，几乎把全校学生的注意力都牵引过去了。课余但闻琴声歌声，假日常见学生出外写生，这原因一半当然是他对这二科实力充足，一半也由于他的感化力大。只要提起他的名字，全校师生以及工役没有人不起敬的。他的力量，全由诚敬中发出，我只好佩服他，不能学他。举一个实例来说，有一次宿舍里学生失了财物，大家猜测是某一个学生偷的，检查起来，却没有得到证据。我身为舍监，深觉惭愧苦闷，向他求教；他所指示我的方法，说也怕人，教我自杀！他说：'你肯自杀吗？你若出一张布告，说作贼者速来自首，如三日内无自首者，足见舍监诚信未孚，誓一死以殉教育，果能这样，一定可以感动人，一定会有人来自首。——这话须说得诚实，三日后如没有人自首，真非自杀不可。否则便无效力。'这话在一般人看来是过分之辞，他说来的时候，却是真心的流露；并无虚伪之意。我自惭不能照行，向他笑谢，他当然也不责备我。……"

（见夏丏尊所写《弘一法师之出家》一文）

（1957年）

《弘一大师遗墨》序言[①]

弘一大师俗姓李，名息，字叔同，别名岸、哀公、息霜、婴等。于一八八零年生于天津。曾留学日本，在东京美术学校毕业，归国后，任《太平洋报》等编辑、南京高等师范及浙江两级师范音乐美术教师。三十九岁在杭州虎跑寺削发为僧，法名演音，字弘一，别号甚多。六十三岁在福建泉州圆寂。大师在俗时，热爱文艺，精通美术、音乐、演剧、文学、书法、金石，为中国最早之话剧团春柳剧社之创办人，又为中国最早研究西洋绘画音乐者之一人。其中对于书法，致力最多，从事最久：在俗时每日鸡鸣而起，执笔临池；出家后诸艺俱疏，独书法不废，手写经文，广结胜缘，若计幅数，无虑千万。出家后所作，刘质平君所藏独多，达数百件。今所集者，半属刘君所藏。在俗时所作，数亦甚多，但分散各处，兵火后不易征集。本书所载，仅杨白民、夏丏尊二先生之所藏，前者由其女杨雪玖君保管，后者由其孙夏弘宁君保管，今均

---

① 本书系非卖品，由新加坡广洽法师等捐款，1962年5月在上海印行。

已捐赠上海博物馆矣。乃者，新加坡侨胞广洽法师等（芳名录见书末），企仰大师道艺，愿舍净财，刊印遗墨，嘱予任其事。予愧力弱，难能胜任。幸得吴梦非、钱君匋二君之协助，始成此卷。大师遗墨，浩如瀚海，此中所载，不啻万一。但愿以此为始，多方搜求，继续刊印，使大师之手迹永垂不朽，对我国书法艺术之发扬有所贡献，则幸甚矣。辛丑仲夏丰子恺谨序于上海。

弘一法师^①

弘一法师俗姓李，名息，字叔同，别名岸、哀公、息霜、婴等。于1880年生于天津。他的父亲名筱楼，操银行业，时年已六十八，母王氏时年二十余岁，是侧室。他五岁上父亲逝世。十九岁时奉母迁居上海，入南洋公学肄业。参加当时的沪学会，以文章驰名上海。又与上海书画家组织上海书画公会于福州路杨柳楼台旧址，所作书画金石冠绝一时。二十六岁上母亲逝世，他就带了父亲的遗产，自费留学日本，入上野东京美术学校，研究西洋画；又入音乐学校研究钢琴；又与曾延年等组织春柳剧社，演"茶花女遗事"及"黑奴吁天录"，自饰旦角；又办《音乐小杂志》。三十一岁，即1910年，返国，担任天津工业专门学校美术教员，不久迁居上海，在杨白民所办城东女学任教；又参加当时的"南社"，发表诗词文章；又担任《太平洋报》文艺编辑，主编该报之副刊画报；又与柳亚子等

① 载 1963 年 3 月《文史资料选辑》（中国人民政治协商会议全国委员会文史资料研究委员会编）第 34 辑，系应文史资料研究委员会之约而作。

创办"文美会"，主编《文美杂志》。其时他在东京所创办的"春柳剧社"已迁回上海，是为中国最早之话剧团体；但李先生自己不复参加演剧。三十四岁，即1913年，从上海迁杭州，担任浙江两级师范学校美术音乐教师（我就是当时该校的学生——丰子恺注），不久又兼任南京高等师范美术音乐教师。对中国早期的艺术教育贡献甚多。1916年，他三十七岁时，相信道家之言，入西湖虎跑大慈山，断食十七日。后得马一浮先生指示，舍道信佛，即于1918年三十九岁时在虎跑寺剃发为僧，法名演音，号弘一，别号甚多。他十八岁时曾在天津与俞氏女结婚，生二子，俞氏早死。他在东京曾与一日本女子结婚，无出，出家前赠资遣返日本，不久亦早死。他出家后云游各地，居无定所。最长住的是浙江温州庆福寺及福建泉州各寺。他起初崇奉净土宗，后来专修律宗。他本来爱素食，出家以后，物质生活极度节约，芒鞋破钵，竟是一个苦行头陀。平生兼长绘画、音乐、演剧、诗文、书法、金石等艺术；出家后一切都屏除，独书法始终不舍，经常书写佛号、经文，广结胜缘，若计幅数，无虑千万，流传在江浙各地，泉州尤多。关于佛法著作甚多，其中《四分律戒相表记》，不用排版，乃亲手书写制照相版刊行者，字体非常工整，一笔不苟。1942年农历九月初四日，弘一大师在泉州温陵养老院圆寂，享年六十三岁。他临终前数日略感微疾，就预先写好遗嘱及告别友人书。九月初一日，起来写"悲欣交绝"四字，付与侍疾僧妙莲，此为法师绝笔。初四日（阳历10月13日）午后8时，即安详示寂。其灵骨一部分葬的泉州，一部分葬在杭州虎跑寺，均建有墓塔。林子青编著《弘一大师年谱》，记述大师一生事迹甚详。

《弥陀经》序言①

　　此《弥陀经》乃马一浮先生手书新加坡弥陀学校所珍藏者。广洽法师爱此墨宝，发心影印流通。嘱余为之序记。余回忆髫年负笈浙江师范学校，常随先师李叔同先生即弘一大师谒马先生杭州银洞巷寓所，藉知先生不但博极古籍，精于书法，又深通内典。故先师皈依佛法之时常踵门求教焉。马先生为中国现代书法界之泰斗，但所书佛经极少。此《弥陀经》当系精心得意之作，乃佛教界之宝典，亦美术界之珍品也。广洽法师为之影印流通，使学道之人与爱艺之士咸共欣赏，诚善举也。马先生名浮，字一浮，号湛翁，别字蠲叟，浙江绍兴人，现年八十有二，健居杭州西湖之滨。春秋佳日，余常赴湖楼叩访，餐胜聆善，获益良多。

癸卯菊秋丰子恺记于上海

---

① 载新加坡广洽法师1964年影印出版马一浮手书之《弥陀经》。本篇浙版《丰子恺文集》未收。

《弘一大师遗墨续集》跋①

　　此书原名"李息翁临古法书"，于一九三〇年由夏丏尊先生交上海开明书店出版。原稿存梧州路开明书店编辑所，抗战中毁于炮火，故绝版久矣。近有友人于书摊访得旧刊本一册，以赠予，冀其重印。予前岁曾受星洲广洽上人等诸信善之嘱，辑集《弘一大师遗墨》，已行于世。其中出家前所作收集太少，常引为憾。此书可弥补此缺陷，因即加以整理，名之为《弘一大师遗墨续集》，交广洽上人，请其随缘集资，继续刊印。且喜旧刊本印刷清楚，不亚原作，便于制版也。弘一大师博通艺事，而于书道尤精。其临摹古碑，能取其精华，弃其糟粕，故反比原本优美，真所谓青出于蓝者。其对后之学者，当有莫大之启发也。

　　　　　　　　　　　一九六四年新秋丰子恺记于上海。

---

①　本书系非卖品，1964 年 11 月由新加坡广洽法师募印。原文刊于书末，系作者手写制版。原无题，此题系编者所加。

《大乘起信论新释》译者小序[①]

　　《大乘起信论》乃学习大乘佛教之入门书。古来佛教徒藉此启蒙而皈依三宝者甚多。但文理深奥，一般人不易尽解。日本佛学家汤次了荣氏有鉴于此，将此书逐段译为近代文，又详加解说，对读者助益甚多。今将日文书译为中文本，以广流传，亦弘法之一助也。

译者搁笔后附记，时一九六六年[②]初夏。

---

① 　《大乘起信论新释》，日本汤次了荣著，丰子恺所译中文本由新加坡薝葡院广洽法师于 1973 年 10 月以手迹形式影印出版。本篇浙版《丰子恺文集》未收。

② 　实为 1971 年。译者倒填日期，是为了避免"在文革中宣扬佛教"之罪名。

阿庆

我的故乡石门湾虽然是一个人口不满一万的小镇，但是附近村落甚多，每日上午，农民出街做买卖，非常热闹，两条大街上肩摩踵接，推一步走一步，真是一个商贾辐辏的市场。我家住在后河，是农民出入的大道之一。多数农民都是乘航船来的，只有卖柴的人，不便乘船，挑着一担柴步行入市。

卖柴，要称斤两，要找买主。农民自己不带秤，又不熟悉哪家要买柴。于是必须有一个"柴主人"。他肩上扛着一支大秤，给每担柴称好分量，然后介绍他去卖给哪一家。柴主人熟悉情况，知道哪家要硬柴，哪家要软柴，分配各得其所。卖得的钱，农民九五扣到手，其余百分之五是柴主人的佣钱。农民情愿九五扣到手，因为方便得多，他得了钱，就好扛着空扁担入市去买物或喝酒了。

我家一带的柴主人，名叫阿庆。此人姓什么，一向不传，人都叫他阿庆。阿庆是一个独身汉，住在大井头的一间小屋里，上午忙着称柴，所得佣钱，足够一人衣食，下午空下来，就拉胡琴。他不喝酒，不吸烟，唯一的嗜好是拉胡琴。他拉胡琴手法纯熟，各种京戏他都会拉。当时留声机还不普遍流行，就有一种人背一架有喇叭的留声机来卖唱，听一出戏，收几个钱。商店里的人下午空闲，出几个钱买些精神享乐，都不吝惜。这是不能独享的，许多人旁听，在出钱的人并无损失。阿庆便是旁听者之一。但他的旁听，不仅是享乐，竟是学习。他听了几遍之后，就会在胡琴上拉出来。足见他在音乐方面，天赋独厚。

夏天晚上，许多人坐在河沿上乘凉。皓月当空，万籁无声。阿庆就在此时大显身手。琴声宛转悠扬，引人入胜。浔阳江头的琵琶，恐怕不及阿庆的胡琴。因为琵琶是弹弦乐器，胡琴是摩擦弦乐器。摩擦弦乐器接近于肉声，容易动人。钢琴不及小提琴好听，就是为此。中国的胡琴，构造比小提琴简单得多。但阿庆演奏起来，效果不亚于小捉琴，这完全是心灵手巧之故。有一个青年羡慕阿庆的演奏，请他教授。阿庆只能把内外两弦上的字眼——上尺工凡六五乙仕——教给他。此人按字眼拉奏乐曲，生硬怪异，不成腔调。他怪怨胡琴不好，拿阿庆的胡琴来拉奏，依旧不成腔调，只得废然而罢。记得西洋音乐史上有一段插话：有一个非常高明的小提琴家，在一只皮鞋底上装四根弦线，照样会奏出美妙的音乐。阿庆的胡琴并非特制，他的心手是特制的。

笔者曰：阿庆孑然一身，无家庭之乐。他的生活乐趣完全寄托在胡琴上。可见音乐感人之深，又可见精神生活有时可以代替物质生活。感悟佛法而出家为僧者，亦犹是也。